SHARONS DREAM

Sterne über Malibu .. the end.

Sylvia Knelles

für

meinen Wildfang

die Frau, die die Liebe liebt

wilde Stürme durch unser Leben jagt

die Sonne hoch oben in den Himmel hängt

und Delphine auf bunten Wellen für uns tanzen läßt

DER GLAUBE

AN DIE GROßE LIEBE

IST DIE TRIEBFEDER DES LEBENS

DER REICHTUM AUS DEM WIR SCHÖPFEN

EIN GANZES LEBEN LANG

KRAFT FÜR DAS MORGEN

GLAUBE AN DIE ZUKUNFT

WEGBEGLEITER DEINES LEBENS

TROST IN SCHWEREN STUNDEN

LEBENSELIXIER FÜR JEDE MINUTE

UND

WENN DU SELBST ZU GEBEN BEREIT BIST

WAS DU SUCHST

WIRST DU SIE FINDEN

DIE LIEBE DEINES LEBENS

SHARONS DREAM

Sterne über Malibu

... the end.

(c) Sylvia Knelles

1. Auflage 1994

Umschlagentwurf: Sylvia Knelles

S. K.

c/o Malibu

An der Berner Au 51 e

22159 Hamburg

ISBN 3-929925-03-6

Sylvia Knelles

geboren
am 04. November 1960
im Zeichen des Skorpion
in Mülheim an der Ruhr

Aufgewachsen
im Ruhrpott,
im Schwabenland,
in afrikanischen Gefilden.
Zurück in Deutschland gab es
Mainz bleibt Mainz,
wie es singt und lacht,
bis 1979 der kühle Norden
mit heißer Liebe lockte.

Seitdem lebt, liebt und arbeitet
sie in Hamburg.

Trotz der vielen Menschen fanden sich ihre Lippen zu einem sehnsüchtigen Kuß und während sie sich an den Händen hielten, konnten sie ihre Liebe spüren: die Rosenknospe, den Ring, die Muschel, Malibu. Sie standen dort regungslos, spürten ihren Herzschlag schwer und sehnsuchtsvoll und vergaßen alles um sich herum. Die letzten Wochen, in denen sie sich ineinander verliebt hatten. Die schönen Tage in Malibu, die sie gemeinsam verbracht hatten. Julias Urlaub, der wie im Fluge vergangen war. All das schoß durch ihre Gedanken und es schien, als gäbe es nur noch sie beide. Sie beide, ganz allein. Sie hatten keinen Blick für den Trubel, der einem Flughafen so eigen ist. Der schnarrende Ton aus dem Lautsprecher. Das Klappern der Ankunftstafeln. Die aufgeregten Stimmen der Menschen, die gerade ankommen, die begrüßt werden, voller Erwartung. Die Anspannung der Reisenden, die nun wegfliegen werden, einem unbekannten Ziel entgegen. Lange standen sie dort in Gedanken versunken. Sie sahen nichts und niemanden um sich herum. Wollten sich nur spüren; spüren, daß es sie beide gibt. Daß ihre Gefühle nicht mit dem Urlaubsende verflogen sind. Daß die Gefühle reichen für den Weg nach vorn. Einen Weg, den sie zusammen gehen könnten. Eine Ewigkeit später rissen sie sich aus ihren Träumen los. Sharon nahm Julia den Koffer ab, und als müsse sie sich ihrer Nähe noch einmal vergewissern, daß es kein Traum war, griff sie nach Julias Hand und sah sie lange an. Julia lächelte unter Tränen, erst langsam schien sie zu begreifen, daß es nicht zu Ende war, daß sie Realität waren. Vielleicht könnten sie Malibu nach Hause retten. Ihm ein zu Hause geben. Hand in Hand verließen sie den Flughafen, verstauten das Gepäck im Kofferraum des Taxis. Engumschlungen saßen sie auf der Rückbank und ließen sich durch den Nebel der Stadt zu Julias Wohnung fahren. Nur Ihnen beiden gehörte diese Nacht.

Sie hatten nichts mitbekommen vom Trubel auf dem Flughafen. Hatten Augen für nichts und niemanden. Sie hatten auch den Mann nicht bemerkt, der ihnen lange schweigend zugesehen hatte. Dessen Gesichtsausdruck sich langsam zu einer starren Maske verwandelte. Der ihnen gefolgt war, als sie händchenhaltend zum Taxi gingen und gemeinsam in die Nacht fuhren. Mit zusammengekniffenen Lippen war sein Blick ihnen gefolgt, den Rücklichtern, die immer kleiner wurden und sich im Dunkeln verloren. Die Hand schloß sich immer fester um den Strauß roter Rosen, bis die Finger

schmerzten, sich die Dornen in die
Haut bohrten. Seine Mundwinkel hoben
sich zu einem verächtlichen Grinsen.
Er warf einen verbitterten Blick auf
die Blumen in seiner Hand. Auf dem
Weg zu seinem Wagen beförderte er sie
kopfüber in einen Abfalleimer, dem er
im Vorbeigehen einen wütenden Tritt
verpaßte. Er ließ den Motor aufheu-
len und mit quietschenden Reifen
jagte er in die Nacht.

Der Taxifahrer stellte das Gepäck auf
den Bürgersteig, stieg wieder in sein
Fahrzeug und die Rücklichter verschwanden in der nebeligen Nacht.
Julia nahm Sharon in den Arm und sah
auf die andere Straßenseite.
"Nun sind wir zu Haus´."
Wie das klang. Sharon schmiegte sich
noch näher an Julia und seufzte
tief. Zu Hause, wie das klang. Auf
der anderen Straßenseite standen hinter einer dichten Baumreihe Häuser,
die die Kriegsjahre überdauert hatten
und mit viel Liebe wieder restauriert
worden waren. Fast majestätisch standen sie dort im Nebel. Der Tag
schlief noch und die wenigen Ge-
räusche der Nacht verschlang der
graue Schleier. Julia gab Sharon einen Schubs.
"Nun denn. Dann wollen wir mal."
Sie schnappte sich ihr Gepäck und
überquerte die Straße. Sharon folgte

ihr, während sie neugierig die neue
Umgebung erkundete.

"Wieviele Stockwerke haben wir denn
zu erklimmen?" "Och, nur vier."

Sharon verdrehte in gespieltem Entsetzen die Augen. "Gibt´s ´nen Fahr-
stuhl?"

"Nö."

"Ach Du grüne Neune. Das kann ja hei-
ter werden. Gibt´s denn wenigstens
einen Butler?"

Julia grinste von oben herab.

"Nein, nur die Sklavin Sharon."

Mühsam kämpften sie sich mit Ihrem
Gepäck nach oben. Endlich geschafft.
Sharon war völlig außer Puste. Julia
schloß die Tür auf, blieb stehen, um
auf Sharon zu warten. Mitten im Flur
ließ Sharon das Gepäck fallen und
sich darauf plumpsen.

"Willst Du mich umbringen?"

Julia schloß die Tür. Sharon krab-
belte aus dem Getümmel und erhob sich
wieder. Sie ging langsam auf Julia zu
und mit jedem Schritt entledigte sie
sich eines Kleidungstücks, bis sie so
dicht vor Julia stand, daß sie deren
Atem spüren konnte. Julia drückte den
Lichtschalter neben sich aus und zog
Sharon an sich. Bedeckte Ihr Gesicht
mit Küssen, spürte, wie Sharon ihre
Bluse öffnete, langsam vor ihr au´
die Knie sank, ihre Zunge über Ihre
Körper gleiten ließ. Sie griff in
Sharons Haare, ließ diese Ihr Ver-

langen spüren, bis sie es nicht mehr
aushalten konnte. Julia stieß Sharon
von sich, warf ihre Bluse in weitem
Bogen in den Flur, Schuhe, Jeans und
Slip hinterher. Sharon griff nach Julia und zog sie mit sich nach unten.
Heiße Küsse, in denen sie sich das
Verlangen der letzten Tage spüren
ließen. Sehnsucht nach der Nähe des
anderen. Die Angst, sich zu verlieren, das Glücksgefühl, sich wiedergefunden zu haben. In Ihrer Wildheit
fanden sich all ihre Gefühle wieder,
als sie sich wild und leidenschaft-
lich liebten, sich treiben ließen von
Ihrer tiefen Leidenschaft, all Ihrem
Begehren. Schweißnaß lagen sie engumschlungen zwischen Klamotten und Ur-
laubsgepäck. Schlaftrunken angelte
Julia ein Badelaken aus der Reisetasche und deckte ihre Körper zu. Eng
aneinander gekuschelt schliefen sie
wenig später völlig erschöpft ein.

Die Haustürglocke jagte die beiden
jäh auseinander. Erschrocken starrten
beide auf die Haustür. Julia faßte
sich zuerst. Sprang auf und verschwand im angrenzenden Zimmer, um
aus dem Fenster zu sehen. "Oh Gott,
meine Mutter. Das fehlt noch."
Sharon mußte laut auflachen.
"Das geht ja gut los. In flagranti
sozusagen."
"Los, schnell."

Julia zog an Sharon´s Arm. Dann sprang sie nackt an die Haustür und drückte den Türöffner. Jagte zurück, angelte nach Ihren Sachen und zog sich in Windeseile an.

"Wo soll ich denn nun hin?"

Sharon stand lachend im Flur. Julia schob sie ins Bad. "Wie wär´s mit baden?"

Sharon gluckste immer noch.

"Na, dann will ich mal."

Schloß die Tür und ließ Badewasser ein. Mit völlig zerzausten Haaren, den Glanz der Lust noch in den Augen, öffnete Julia die Tür. Ihre Mutter sah sie überrascht an, fing sich aber schnell wieder.

"Guten Morgen Julia, willkommen daheim. Wie war Dein Urlaub?"

Auf dem Weg über den Flur sah sie fragend auf das herumgestreute Gepäck.

"Bist Du grade eben erst angekommen? Ich hab´ Dir ein paar Kleinigkeiten für den Kühlschrank mitgebracht, damit Du mir nicht verhungerst. Ich soll Dich auch von Deinem Vater grüßen."

Julia wußte, ihrer Mutter konnte sie nichts vormachen. Sie hatten eine so innige Beziehung, daß jede noch so kleine Flunkerei dieses typische Hochziehen der Augenbrauen bei Ihrer Mutter hervorrief. Julia hatte schon als Kind keine noch so kleine Neuigkeit für sich behalten können. Immer war Ihre Mutter die Erste, die sie mit all den kleinen Informationen überschüttete.

"Mom, setz Dich, ich muß mit Dir reden."

Verwundert sah Ihre Mutter sie an.

"Nun?"

"Ich hab´ mich verliebt."

"Nein, das freut mich aber für Dich, wie heißt er denn, wo habt ihr Euch kennengelernt, im Urlaub? Ach, erzähl doch."

"Mom, ich habe mich verliebt."

Julia sah Ihre Mutter an. Sie mußte es Ihr sagen. Ihr Glück teilen.

"In eine Frau. Wir haben uns im Urlaub kennengelernt. Ich weiß, daß es verrückt klingt, aber ich, wir wollen zusammenbleiben. Zusammen in Hamburg leben."

So, jetzt war es raus. Julia fühlte sich erleichtert. Mit einer Lüge hätte Sie nicht leben wollen. Ihre Mutter stellte betont langsam die mitgebrachten Utensilien auf den Küchentisch, nahm umständlich eine Zigarette aus dem Etui, stand auf, scheinbar auf der Suche nach einem Aschenbecher, blieb dann vor dem Fenster stehen. Stand dort, die Hände auf das Fensterbrett gestützt und sah lange hinunter.

"Ist es wegen Paul?"

"Nein Mom, es ist nicht so, wie Du jetzt vielleicht denkst."

"Sondern?"

Ihre Mutter zündete sich die Zigarette an, drehte sich um und sah Julia fragend an. Dann stutzte sie, weil sie das Wasserrauschen aus dem Badezimmer gehört hatte.

"Ist sie da?"

Julia nickte.

"Kind, was ist passiert?"

Julia ging auf Ihre Mutter zu, schmiegte sich in ihren Arm, wie sie es immer tat, wenn es galt, Probleme zu lösen.

"Es ist nicht wegen Paul. Er hat damit nichts zu tun. Das betrifft nur Sharon und mich. Nur uns beide ganz allein. Ich fühlte mich nur immer so unerfüllt neben Paul. Ich habe das nie verstanden. Erst als ich Sharon traf, spürte ich, daß ich dieses unbekannte Gefühl, diese stille Sehnsucht, die ich immer in mir gespürt hatte, daß diese vielen ungenannten Fragen... eine Antwort gefunden haben. Mit ihr erscheint mir das Leben so anders, so erfüllt. Diese Tiefe unserer Gefühle, diese Verbundenheit, ich wußte nicht, daß es eine solche Intensität gibt. Mom, es tut mir leid."

"Was tut Dir leid?"

Ihre Mutter zog die Augenbrauen hoch und zeigte ihr Mißfallen nur zu deutlich.

"Daß Du liebst? Na das fehlte noch. Ich muß zugeben, daß Du mich schon ganz schön aus der Fassung bringst. Ich hatte ja viel erwartet, aber das sicher nicht. Ich weiß gar nicht, wie ich das Deinem Vater beibringen soll, aber das heben wir uns lieber für später auf. Ich wollte Dich zum Essen entführen. Ich muß das erst einmal verarbeiten, aber wir werden darüber reden, ja? Nur nicht heute. Laß mir ein wenig Zeit."

"Wohin gehen wir denn essen?"

Bei Ihrer Mom wurde Julia wieder ganz Kind und das würde sich auch nicht ändern, da war ihre Mutter sich ziemlich sicher. Kinder bleiben Kinder. Basta.

"Na, ich denke, Du hast Besuch? Wir könnten ja auch alle drei gehen, wenn sie nicht mittlerweile ertrunken ist."

Julia sah ihre Mutter an.

"Ist das Dein Ernst, wir drei?"

"Wolltest Du sie hier alleine lassen?"

Sie zuckte belustigt die Schultern.

"Na also. Ich gehe schon mal vor, zum Griechen an die Ecke und ihr könnt dann ja noch ein bißchen euch kommen."

Ihre Mutter ging auf die Haustür zu, drehte sich noch einmal um.

"Damit meine ich auch Dich."

Und während sie das sagte, blickte sie bedeutungsvoll einmal an Julia rauf und runter. Dann schloß sie die Tür und Julia hörte die Schritte auf der Holztreppe und wenig später das Klappen der Haustüre. Julia stand noch eine ganze Weile stumm im Flur und mußte das Gespräch erst einmal sacken lassen. Wie ein Teenager kam sie sich vor. Sie hatte ihr Glück nicht zwei Minuten für sich behalten können. Aber was hätte sie ihrer Mutter erzählen sollen. Sie war immer mit allen Neuigkeiten zu ihr gelaufen. Das hatte sich nie geändert. Auch jetzt nicht. Julia bückte sich nach der Tasche und angelte die Urlaubsfotos raus. Sie könnten sich beim Essen die Fotos anschauen.

"Sharon, lebst Du noch, oder bist Du schon aufgeweicht?"

Die Badezimmertüre öffnete sich langsam und Sharon sah vorsichtig um die Ecke.

"Ist die Luft wieder rein?"

"Ja, ja."

"Hast Du sooo Deine Mutter empfangen?"

Sharon sah an Julia herab und wollte sich ausschütten vor Lachen.

"Was ist denn an mir so komisch?"

Julia stürmte ins Bad und blieb vor
dem Spiegel stehen. Die Haare standen
in alle Richtungen, waren völlig zer-
zaust, sie hatte nur eine Socke an
und die Bluse nicht richtig zuge-
knöpft. Nun mußte sie selber lachen.
Wie gut, daß sie ihrer Mutter gleich
reinen Wein eingeschenkt hatte. Das
hätte ja noch was gegeben. Wie hätte
sie das je erklären können?
"Wir sind gleich von meiner Mutter
zum Essen eingeladen. Sharon, hörst
Du, machst Du Dich bitte fertig?"
Die Antwort war ein langes Schweigen.
Julia fing gerade an zu duschen, als
Sharon wieder ins Bad kam.
"Wieso wir, hast Du Ihr etwa erzählt...?"
Julia nickte.
"Oh ha. Und, was hat sie gesagt?"
"Naja, noch nicht sehr viel, aber wir
werden sicher noch einmal darüber reden."
Kurze Zeit später waren sie frisch
wie aus dem Ei gepellt unterwegs zum
Griechen. Die Zeit im Lokal verging
wie im Fluge. Sie hatten viel zu
erzählen und Julias Mutter war Ihnen
unvoreingenommen entgegengetreten.
Wie drei Freundinnen gluckten sie
dort zusammen über den Urlaubsfotos
und ließen die letzten Wochen Revue
passieren. Sharons anfängliche Ängste
waren schnell verflogen und hatten
Neugier Platz gemacht. Neugier auf

Julias Leben, ihre Vergangenheit, ihre Familie. Sie brachten Julias Mutter noch zum Wagen und winkten Ihr nach, bis der Wagen sich im Verkehrsgewühl verlor.

"Das war also meine Mom."

Julia legte den Arm um Sharon, drückte ihr einen dicken Kuß auf die Stirn.

"Spann Sie mir mal nicht aus. Ich glaub´, Sie mag Dich. Wollen wir noch einen kleinen Spaziergang machen? Dann kannst Du Deine neue Umgebung mal erkunden."

Sharon nickte und so gingen sie schweigend nebeneinander durch die Straßen und hingen, jede für sich, ihren Gedanken nach.

"Was willst Du nun eigentlich machen?"

Julia drückte Sharons Hand.

"Hmm? Mußt Du noch irgend jemanden anrufen, irgend etwas erledigen? Ich muß ja am Montag wieder arbeiten. Ich kann´s noch gar nicht glauben. Nachher können wir ja noch ein wenig einräumen und unsere Urlaubssachen wegpacken. Erinner´ mich daran, daß Du noch Schlüssel bekommst, sonst kommst Du ja gar nicht wieder rein."

"Laß uns zurückgehen, ich glaube, es sieht noch ziemlich wild aus."

Auf dem Rückweg blieb Sharon abrupt stehen und sah Julia fragend an.

"Willst Du wirklich, daß ich erst einmal bei Dir wohne, ich meine, sonst würde ich versuchen, woanders unterschlüpfen. Morgen muß ich mich erst einmal um ein paar Dinge kümmern, damit ich auch Arbeit bekomme. Heute nicht mehr."
Julia sah Sharon erst an, zog sie in ihre Arme.
"Natürlich möchte ich, daß Du bei mir bleibst. Das hab´ ich doch nicht einfach so dahingesagt. Laß uns erst mal klar Schiff machen und dann sehen wir weiter, ja?

Als Sie später aneinandergekuschelt im Bett lagen, wich langsam die Spannung von Julia. Sie konnte sich gar nicht vorstellen, nun schon wieder arbeiten zu müssen, was war nicht alles in den letzten Wochen geschehen. Ihr ganzes Leben, ihre so peinlich gehütete Ordnung war ins Taumeln geraten. Ihr Leben so urplötzlich aus den Fugen geraten. Und schien es nicht gleichzeitig so zu sein, daß ihr Leben nun in Ordnung kam? Ein seltsamer Zustand, über den sie lange Zeit nachdachte, bevor sie darüber einschlief.

Julias erste Arbeitstage verliefen mit viel Trubel, jede Menge neugieriger Fragen, wie es denn nun gewesen sei, dort im fernen Amerika.

Julia ertappte sich immer wieder dabei, daß sie nicht in der ihr sonst eigenen Unbekümmertheit über Ihren Urlaub sprechen konnte. Oft bremste sie sich, privaten Fragen ging sie vorsichtig aus dem Weg. Ein ihr fast unerträglicher Zustand. Sie war immer gradlinig durch ihr Leben gegangen. Lügen waren ihr verhaßt und nun? Ertappte sie sich nicht immer wieder dabei, daß sie sich mit Notlügen rettete? Sie konnte nicht einmal unbefangen einfache Fragen beantworten, ohne sich vorher zu kontrollieren. War das der Preis für ihre Liebe zu Sharon? Ganz gewöhnliche Fragen brachten sie schon aus der Fassung. "Wie war Ihr Wochenende? Wie gefällt Ihnen Ihre neue Wohnung?" So unkompliziert ihr Leben zu Hause mit Sharon verlief, so verlogen kam ihr ihre alltägliche Welt nun vor. Manchmal wollte sie es hinausschreien. Sie fühlte sich dazu verdammt, ihre Liebe nur in ihren eigenen vier Wänden zu leben. Sie mußte raus, einfach mal ein paar Tage weg, weg von diesem Mief, dieser Verlogenheit, dieser Scheinwelt, in die sie sich gezwungenermaßen immer wieder flüchten mußte. Sie rief Sharon zu Hause an, die seit Tagen damit beschäftigt war, die Wohnung einzurichten. Sharon hatte nichts dagegen, ein paar Tage zu verreisen.

Julia und Sharon genossen die Fahrt ins verlängerte Wochenende. Die Sonne schien, es lagen ein paar freie Tage vor ihnen. Eine Kollegin hatte hier in der Blockhütte öfter ihre Kurzurlaube verbracht und Julia auf die Idee gebracht. Sie hatte kurzentschlossen gebucht, und nun waren sie schon unterwegs. Sie hatte Sharon gar nicht überreden müssen, und sie waren kurz vor dem Ziel. Noch eine halbe Stunde Fahrt. Julia lehnte sich auf dem Beifahrersitz zufrieden zurück und beobachtete Sharon, die ruhig und gelassen das Fahrzeug durch den Verkehr manövrierte. So gefielen Julia die Ausfahrten. Sie brauchte nur einzusteigen und zu entspannen. Sie blinzelte in die Sonne. Dachte an Malibu, an ihre Ausfahrten, die sie damals gemacht hatten. Ihre erste Begegnung am Strand.

"Hallo. Wir sind da, Träumerin."

Julia seufzte einmal tief und blickte zu Sharon.

"Sieh nach vorne. Na, ist das nichts? Ein Traum."

Sharon hielt vor der kleinen Blockhütte, sprang aus dem Wagen, lief um ihn herum und öffnete die Tür.

"Madame."

Julia mußte lachen. So eine Verrückte. Aber wie liebte sie das an Sharon. Diese Unbekümmertheit. Diese

kleinen Verrücktheiten. Das Leben
konnte so schön sein. Sie sah sich
um. Es war schöner als auf den Fotos, die sie gesehen hatte. Sharon
holte das Gepäck aus dem Wagen und
ging hinter Julia her, die mit dem
Schlüssel klimpernd auf das Haus zu-
ging. Sie schloß die Tür auf und trat
ein. Sie öffnete die Klappläden und
Fenster. Sharon ließ die Taschen mit
einem Seufzer zu Boden plumpsen. Dann
inspizierte sie die anderen Räume.
Das kleine Duschbad, das
Schlafzimmer. Den Wohnraum mit dem
Kamin, die kleine Küche mit den blau-
weiß-karierten Vorhängen. Bayern in
Norddeutschland. Dann kam der Kon-
trollgang ums Haus herum. Das Kamin-
holz war an der Hütte hochgestapelt
und verlor sich unter den herunterge-
zogenen Dachgiebeln. Hinter dem
Häuschen umzäunte ein Jägerzaun den
kurzgeschnittenen Rasen. Dahinter begann ein kleines Waldstück. Sharon
sah sich zufrieden um. Langsam bekam
sie Hunger. Sie ging ins Häuschen
zurück, wo Julia schon mit den Vorbereitungen für das Mittagessen begon-
nen hatte. Sie blinzelte ins Dunkel
der Hütte. Nach dem Essen packten sie
aus und richteten sich wohnlich ein.
Ein ausgedehnter Spaziergang, um die
Umgebung zu erkunden und der erste
Tag war wie im Fluge vergangen.

Engumschlungen bummelten sie über den Waldweg wieder zurück.

"Kümmerst Du Dich um den Kamin?"

Sharon nickte stumm.

"Ich kümmere mich derweil um das Abendbrot und wir könnten dann vor dem Kamin essen. Was meinst Du. Hast Du Lust?"

Sharons Augen blitzten.

"Lust? Auf Dich?"

Julia kickte ihr belustigt mit der Faust auf die Nase.

"Du nun wieder. Ich sprach vom Essen."

Der Kamin knisterte, draußen wurde es langsam kalt und Julia fröstelte. Sharon deckte den Tisch ab, schloß die Läden und warf noch ein paar Scheite Holz nach. Dann hockte sie sich im Schneidersitz vor den Kamin und sah dem Tanz der Flammen zu. Julia saß auf der Couch und war in einen Roman vertieft, den sie schon vor sehr langer Zeit geschenkt bekommen hatte. Irgendwie hatte sie nie die Muße gefunden, ihn zu lesen.

"Sharon?"

Sharon sah kurz hoch.

"Was hast Du eigentlich gemacht, ich meine früher, bevor Du nach Hamburg kamst. Du sprichst nie darüber."

"Ach, das ist eine lange Geschichte und schön ist sie auch nicht."

Julia legte das Buch aus der Hand.

"Nun, ich habe Zeit. Komm her, ja?"

Sie klopfte mit der flachen Hand neben sich auf den freien Platz. Sharon
kam rüber und setzte sich neben
Julia. Julia stand noch einmal kurz
auf und kam mit einer Flasche Wein
und zwei Gläsern zurück. Öffnete die
Flasche, schenkte beiden ein und
hielt Sharon ihr Glas entgegen.
"Prost, mein Schatz... auf uns und
.... die paar schönen Tage."
Dann lümmelte sie sich neben Sharon
auf die Couch und blickte diese
erwartungsvoll an. Sharon nahm noch
einen Schluck, bevor sie das Glas auf
den kleinen Holztisch stellte und
begann zu erzählen.

"Eigentlich scheint die Sonne an allen Tagen gleich. Und doch, ist es
nicht so, daß sie an manchen Tagen
viel, viel wärmer scheint? So wie
heute zum Beispiel. Es ist, als könne
man die Sonne riechen. Es ist dann
alles so friedlich, so harmonisch und
ich habe das Gefühl, daß ich mit
jedem Atemzug Sonnenwärme in mich
hineinsauge. Kraft, Harmonie, Geborgenheit. Eine Mischung, undefinier-
bar, und doch voller Vertrautheit. Es
gibt auch Tage, an denen sie für
einen gar nicht scheint. Solch ein
Tag war damals. Ich wartete auf das
bestellte Taxi, das nicht kam. Es war
ein verflixter Tag, an dem einfach
nichts, aber auch gar nichts,

funktionierte. Den Wecker hatte ich vergessen zu stellen, das Telefon war längst abgemeldet, die Telefonzelle an der Ecke mal wieder wegen mutwilliger Zerstörung geschlossen. Ich mußte zum Bahnhof, der Vermieter wollte wegen der Schlüsselübergabe auch schon um neun Uhr kommen. Es war aber bereits halb zehn und ich saß immer noch dort! Verfluchte Kiste. Wenn nun auch noch das Taxi vor dem Vermieter kam? Das hätte mir diesen Tag auch nicht mehr verderben können. Mein Schädel brummte noch von der Abschiedsfete und jede Bewegung erinnerte mich nur schmerzhaft an jedes zuviel getrunkene Glas."

Sharon lehnte sich in ihre Kissen zurück, verlor sich kurz in der Vergangenheit und fand dann zu ihren Gedanken zurück. Julia sah sie nur schweigend an. Ein Seufzer von Sharon, ein kurzer Blick zu Julia.

"Es sollte damals ein toller Tag werden. Ich wollte schließlich ein neues Leben beginnen. Wie das klingt, als könne man das alte einfach abstreifen und alles wäre neu. Tja, ich glaubte damals, es zu können, einfach so. Abschalten, vergessen, es abstreifen, wie eine lästig gewordene Haut.

Die Klingel riß mich aus meinen Gedanken. Endlich kam mein Vermieter. Ein letzter Gang durch die alte Wohnung. Wehmütig nahm ich Abschied von den alten und vertrauten Räumen, in denen ich mich vor kurzem noch geborgen fühlte, in denen ich von Bettina und mir geträumt hatte. Die ich nun voller Bitterkeit verließ. Wieviele Male war ich wie ein verwundetes Tier durch die Zimmer gelaufen. Konnte nicht glauben, daß meine erste große Liebe so in Scherben zerfiel. Ich stand am Abgrund, sah unsere Zukunft, all unsere Gefühle stürzen und konnte nichts tun. In den letzten Wochen hatte ich oft gefroren. Selbst die Sonne, die morgens durch die Jalousien blinzelte, konnte mich nicht wärmen, vermochte mir keine Neugier auf den neuen Tag zu vermitteln. Noch einmal warf ich einen Blick aus dem Küchenfenster. Es klingelte wieder. Das Taxi. Endlich, nun gab es kein zurück mehr. Ich griff nach meiner alten, abgewetzten Reisetasche, ging ein letztes Mal die Stufen hinunter und ließ die Tür hinter mir ins Schloß fallen. Das Taxi fuhr noch einmal durch die so vertrauten Straßen, aber es war endgültig. Ich wußte, daß ich nicht wiederkehren würde.

Warum auch? Sekt oder Selters? Ich
hatte mich für Sekt entschieden, alles auf eine Karte gesetzt und verloren. That´s life. Aber war nicht
jedes Ende auch ein Neubeginn? Ich
bestieg den Zug, der mich in mein
neues Leben bringen sollte und ließ
mich schnell einlullen vom monotonen
Rattern der Räder. Ließ die letzten
Monate Revue passieren."

Sharon ging zum Kamin, warf Holz
nach, setzte sich zurück zu Julia auf
die Couch und kuschelte sich in ihren
Arm. Eingehüllt in Geborgenheit, fuhr
sie in ihrer Erzählung fort.

"Es ist schon komisch, manchmal, wenn
ich traurig bin, kann ich sie wieder
spüren, diese Stimmung von damals.
Sie scheint so nah zu sein. Damals.
Heute. Ich war mir vorgekommen, als
sei ich in Watte gehüllt und alles
würde nur schemenhaft und flüsternd
um mich herum geschehen und doch
hatte ich die Bedrohlichkeit gespürt.
Natürlich war mir nicht entgangen,
daß man hinter vorgehaltener Hand
tuschelte, aber ich war zu jener Zeit
so glücklich, so voller Vertrauen,
daß ich diese Agressionen nicht zur
Kenntnis nahm oder vielleicht auch
nicht nehmen wollte. Ich kann noch
immer dieses Glücksgefühl empfinden,
das ich damals verspürte. Ich hatte

mich in eine Frau verliebt. Nach
vielen kleinen und oberflächlichen
Beziehungen zu Männern, hatte ich
mich - für mich völlig überraschend -
in eine Frau verliebt. Hatte urplötzlich das Gefühl, gefunden zu haben, was ich nie gesucht hatte. Ich
war nie unglücklich in meinen Beziehungen, aber im nachhinein taten mir
meine Freunde doch immer leid. Eine
Sehnsucht für die gemeinsame Zukunft
war nie aufgekommen. Nie hatte ich
mich im weißen Kleid vor dem Trau-
altar stehen sehen. So waren wir dann
nach relativ kurzer Zeit immer
"Freunde" geblieben.

Und dann war mir Bettina begegnet.
Ich war happy, hätte die ganze Welt
umarmen können. Hatte mein "coming
out", hätte den ganzen Tag tanzen
können und hatte das Bedürfnis, allen
von meiner Liebe zu erzählen, sie
teilhaben zu lassen an meinem Glück.
Ich lebte in einem kleinen Dorf im
Schwarzwald und war dort bis zu jenem
Zeitpunkt auch glücklich. Ich hatte
eine Wohnung, mit meiner Familie
ging´s solala, einen Job neben der
Schule, mit dem ich sehr zufrieden
war und nun auch noch einen Menschen,
den ich liebte. Der mich auch liebte.
Es hätte alles so schön sein können.
Ich war Anfang achtzehn und glaubte,

jeden, aber auch jeden Kampf aufneh-
men zu können.

Die Liebe beflügelte mich und ich
hätte gegen feuerspeiende Drachen
mein Schwert erhoben. Ach, wären es
doch Drachen gewesen, gegen die ich
zu kämpfen hatte."

Wieder nahm Julia einen Schluck aus
ihrem Glas und ließ dann Sharon daran
nippen. Angelte mit dem Fuß nach der
Wolldecke am Fußende und kuschelte
sie beide darin ein.

"Zuerst hatte ich einen Teil meiner
Freunde verloren, meine bis dahin beste Freundin hatte nun plötzlich nur
noch selten Zeit für mich, meine
Familie stand Kopf, weil ich sie bla-
miert hätte, dann verlor ich meinen
Job. Ich sei nicht mehr tragbar, das
müsse ich verstehen. Der gute Ruf der
Firma. Ich bewarb mich um neue Stellen, ich brauchte einen Job, um neben
der Schule meine kleine Wohnung halten zu können, aber mein "Ruf" eilte
mir voraus. Nachdem ich mir wegen
dauernder telefonischer Belästigungen
einen Anrufbeantworter zugelegt hatte, konnte ich mir tagelang die Umög-
lichkeit meines Handelns in vielen
Varianten anhören. Niemand stand zu
seiner Ablehnung. Jeder machte nett,
höflich und bestimmt einfach einen

Bogen um mich herum. Und doch konnte ich die Blicke förmlich auf meinem Rücken spüren. Sie brannten heiß auf meinem Rücken und hinterließen brennende Wunden auf meiner Seele. Bettina hatte sich schnell in eine Beziehung zu einem alten Freund geflüchtet und mich nun dem doppelten Spott ausgesetzt. Ich war die Aussätzige, die Verlassene. Ich, die Lesbe, die sie verführt hatte. Mein Alleinsein wurde mit Genugtuung zur Kenntnis genommen. Meine Liebe zu ihr schlug langsam in Haß um. Sie hatte mich und unsere Gefühle verraten. Ich war oft nahe daran, meinen Schmerz hinauszuschreien, aber hätte ihn auch nur irgend jemand hören wollen? Meine Stimme versagte mir den Dienst, wenn ich nur versuchen wollte, mich zu erklären. Selbst zum Einkaufen fuhr ich nun in die etwas entferntere Orte. Am liebsten hätte man mich wohl zwangsverheiratet. Ob die auch mal an den armen Mann dabei gedacht haben? Dann kam ein Brief meines Vermieters. Er kündigte mir angeblich wegen Eigenbedarfs. Ich hatte keine Lust zu kämpfen, obwohl ich gerne erlebt hätte, wie er von seiner Prachtvilla in meine Wohnung umziehen würde.

Ich hatte die Liebe von Bettina verloren, weil sie nicht für mich oder

uns alles aufgeben wollte. Alles andere hätte ich ertragen, das nicht!

Ich wollte nur noch weg. Weg von
Bettina, weg von dieser Verlogenheit,
dieser Bösartigkeit. Mich erstickte
diese kleine Welt. Ich wollte hinaus
ins Leben. Ich bewarb mich in der
folgenden Zeit in allen Großstädten
um einen Studienplatz. Weit weg
wollte ich, in eine riesengroße ano-
nyme Masse. Untertauchen. Einfach irgendwohin, wo ich wieder ich selbst
sein konnte. Ohne Ruf, ohne Vergangenheit. Nur ich, und fertig. Ich bekam in den ersten Wochen nur Absagen.
Dann kam ein Brief von der Hamburger
Uni. Ich hatte einen Studienplatz.
Ein Lichtblick. Hamburg. Tor zur
Welt. Ich konnte wieder atmen.
Hamburg hatte sich für mich entschieden. So hatte ich mich dann auch
für Hamburg entschieden. Meine paar
Möbel habe ich dann verschenkt. Ich
wollte keine Zeit mehr verlieren.
Nichts, aber auch gar nichts wollte
ich mit in mein neues Leben nehmen.

Sekt oder Selters. Ich hatte mich
entschieden.....für Champagner!!

Stunden später stand ich auf diesem
Riesenbahnhof. Vierzehn Gleise, Men-
schenmassen, die sich über lange
Rolltreppen schoben, dann in irgend-

welchen Tunnels verschwanden. Etwas
so Riesiges hatte ich noch nie gesehen. Wenn ich da an unseren Bahnhof
dachte, zweimal am Tag hält ein Zug.
Aber bei uns gibt es auch nur ein
Gleis und es erschien mir völlig
normal. Hier am Bahnhof liefen mehr
Leute herum, als unser Dorf Ein-
wohner hatte. Dauernd wurde ich umge-
rannt. Ich kämpfte mich erst einmal
zur Touristinformation durch. Ich
mußte mir noch ein Nachtquartier besorgen. Wieder riesige Menschen-
massen. Schrecklich. Fast eine halbe
Stunde, bis ich endlich an der Reihe
war. Ob ich zentral wohnen möchte?
Klar und nicht so teuer. Welche
Frage. Ja, da hätte sie dann noch ein
Zimmer in St. Georg. Wie das schon
klang. Irgendwie wie St. Georg in den
Bergen. Gar nicht nach Großstadt. Und
diese seltsamen Namen: Hummelsbüttel,
Poppenbüttel, Wellingsbüttel. Ich
bekam einen kleinen Stadtplan in die
Hand gedrückt und versuchte mich erst
einmal zu orientieren. Die Pension
war zu Fuß zu erreichen. Wie sagte
sie doch gleich. Raus aus dem Ge-
bäude, dann links runter zur Ampel,
rechts die Lange Reihe, was auch immer das sein mochte, runter, dann
wieder links und nun rechts. Aha,
ganz einfach. Die lange Reihe ent-
puppt sich als Straßenname. Von Dro-
genabhängigen und Prostituierten hat-

te sie mir nichts gesagt. Ganz wohl
war mir ja nicht. Schlagartig fielen
mir nun alle Horrorgeschichten und
Warnungen ein, mit denen man mich in
den letzten Wochen beschworen hatte,
nur ja nicht nach Hamburg zu ziehen.
In der Gefährlichkeitsskala kam Hamburg gleich nach der New Yorker
Bronx. Die Reeperbahn, die Hafen-
straße, die hohe Kriminalität. Ich
klemmte mir meine Tasche fest unter
den Arm. Ab durch die Mitte. Die
"Lange Reihe" war noch voller Leben.
Kleine Kneipen. Die Pension war recht
nett. Nichts Aufregendes. Das Zimmer
klein. Ein Holzbett, grüne Vorhänge
mit Blümchen, ein Waschbecken und ein
schmaler Schrank. Na, für ein paar
Tage war es erträglich. Ich warf mich
auf´s Bett und war schon kurze Zeit
später eingeschlafen.

Am nächsten Morgen blinzelte die Sonne durch die Ritzen der Gardinen und
warf grüne Streifen auf das Bett. Ich
schälte mich aus dem Bett und warf
erst einmal einen prüfenden Blick aus
dem Fenster. Ich war da. Irgendwie
konnte ich´s noch nicht recht glauben. Ich packte meine Tasche aus und
machte mich auf die Suche nach der
Dusche, die sich auf dem Gang befin-
den sollte. Wenig später saß ich beim
Frühstück und ließ es mir gutgehen.
Kaffee am Morgen vertreibt Kummer und

Sorgen, oder wie heißt das gleich?
Hamburg, here I am. Mein Leben konnte
beginnen, gleich heute. Ich hatte
noch 15 Tage Zeit, bevor mein Studium
begann und die wollte ich genießen.
In dieser Zeit mußte ich mir auch
noch einen Job besorgen. Nach dem
Frühstück ließ ich mich ein wenig
treiben, bummelte durch die Straßen
und stand bald am Rande der Alster.
Ein See mitten in der Stadt. Du
kannst Dir meine großen Augen vorstellen. So etwas hatte ich noch nie
gesehen. Ich lief Richtung Jungfern-
stieg und bestaunte nicht nur die
Auslagen der Geschäfte, nein, am meisten bewunderte ich die Preise. Die
Stadt der Millionäre. Ich traute mich
nicht einmal, die Geschäfte zu be-
treten. Die Vornehmheit knisterte bis
zum Eingang. Das war ganz sicher
nicht meine Welt. Tja, so war das
damals. Ist das nicht seltsam, daß
alles irgendwann kleiner scheint. Als
ich damals nach Hamburg kam, ich fand
es beeindruckend, so riesig. Hamburg,
das Tor zur Welt, aber eben nur das
Tor. Bald träumte ich von New York,
von Tokio. Nicht auf der Stelle
treten, die Neugier nicht verlieren.
Ich wollte nie so sein, wie die
Menschen, die ich in meinem Dorf zu-
rückgelassen hatte. Sie sind alle mit
der Vergangenheit ihrer Vorfahren
verwurzelt, ich bin verwurzelt mit

den Erlebnissen meines Lebens. Und du
glaubst gar nicht, wie neugierig ich
noch auf die vielen anderen Dinge
bin. Tja, so war das damals. "

Sharon drehte sich in Julias Arm und
sah sie fragend an.
"Was ist mit Dir? Hast Du noch Träu-
me? Hattest Du welche? Was hast Du
Dir für Dein Leben vorgestellt?"
Erwartungsvolle Blicke trafen Julia.
Julia nahm noch einen Schluck aus ih-
rem Glas.
"Ich erzähl´s Dir morgen. Jetzt muß
ich in die Federn und meine Falten
zur Guten Nacht betten. Laß uns
schlafen gehen, ja?"
Mißmutig runzelte Sharon die Stirn.
"Immer wenn´s spannend wird, muß ich
ins Bett. Das war schon früher so.
Grummel."
Sie schälte sich aus der Decke und
stapfte mit gestellter Trauermiene in
Richtung Bad. Morgen früh. Nun gut.
Sie würde über Nacht keine ihrer
Fragen vergessen.
Schneller als sie dachten verflog das
gemeinsame Wochenende und eh sie sich
versahen, mußten sie auch schon
wieder Abschied nehmen.

Sharon war damit beschäftigt, ihre
Zukunft in Ordnung zu bringen, wie
sie sich immer ausdrückte. Wie sie
sich das nun genau vorstellte, war

nie ganz aus ihr herauszubekommen.
Julia störte das nicht, sie genoß es,
abends nach Hause zu kommen, sie
wurde bekocht und verwöhnt. Es tat
ihr gut, ihr Job fraß sie mal wieder
mit Haut und Haaren. Langsam hatte
sie sich auch damit arrangiert, aus-
weichende Antworten zu geben. Zwar
nicht gelogen, aber auch keine ganze
Wahrheit. Zufrieden war sie mit dieser von ihr geschaffenen Situation
nicht, aber sie wußte auch keinen
Ausweg aus diesem Dilemma. Erst vor
kurzem war sie wieder in eine
Situation geraten, durch die ihre
Harmonie zu Sharon sehr ins Trudeln
gekommen war. Sharon ließ sich durch
solche Vorkommnisse nie aus der Ruhe
bringen, sie nahm diese Anspielungen
nie so wichtig. Sie beneidete Sharon
um ihre Gelassenheit. Sie hatten sich
abends auf ein Bier mit Freunden getroffen. Als sie in gemütlicher Runde
zusammensaßen, braute sich plötzlich
und unerwartet Unheil zusammen. Paul
war erschienen. Julias Freunde waren,
was Sharon anging, eingeweiht und
hatten sich mit der neuen Situation
angefreundet. Julias anfängliche
Bedenken und Ängste waren schnell
zerstreut. Sie konnte selbst nicht
mehr sagen, mit welchen Reaktionen
sie gerechnet hatte, Sharon gehörte
nun einfach dazu und basta. Und in
ihrer Firma, wen ging da ihr

Privatleben etwas an? Eigentlich Niemanden. Paul schnappte sich einen Stuhl und gesellte sich ungefragt zu ihnen. In sekundenschnelle war die gute Stimmung dahin. Stille breitete sich aus. Paul sah in die Runde. Claire, Sandra, Tobias und Andreas kannte er. Nach der Trennung von Julia war der Kontakt zu ihnen abgebrochen. Sein Blick überflog Sharon, als nehme er sie gar nicht zur Kenntnis, dann blieb sein Blick auf Julia haften.

"Na, wie war Dein Urlaub, hast Du Dich nett amüsiert? Ich hatte ja noch gar keine Gelegenheit Dich zu fragen, weil Du ja immer sooo beschäftigt bist."

In seiner Betonung lag eine Bedrohung. Julia fühlte sich unwohl. Hilflos sah sie zu Sharon. Pauls Blick folgte ihrem. Triumphierend sah er Sharon an.

"Und Du bist die Neue, neue Untermieterin? Nett."

Kampflustig sah er sie an. Sharon erwiederte seinen Blick mit ihrer unbekümmerten Offenheit.

"Ja, ich bin die Neue, neue Untermieterin. Und Du bist der alte, alte Untermieter?"

Sie sah ihn mit dem nettesten Blick an, während ihr Grinsen an Unverschämtheit nicht zu überbieten war. Paul sah sie verblüfft an. Er hatte mit einem Rückzug gerechnet, mit einer Peinlichkeit, mit einer Kampfansage hatte er nicht gerechnet. Er war völlig irritiert. Abrupt richtete er sich auf. Schüttelte seinen Kopf und ging einfach davon, ohne sich noch einmal umzudrehen. Julia schämte sich, dies war eine der Situationen, in denen sie sich wünschte, aufstehen zu können und zu sagen: Dies ist die Frau, die ich liebe und damit basta. Sharon nahm einen Schluck von ihrem Bier und nahm ihr Gespräch mit Tobias dort wieder auf, wo sie es abgebrochen hatten.

Später, als sie zu Hause waren, kam Julia noch einmal darauf zu sprechen. Sie schämte sich gegenüber Sharon, weil sie sie und ihre Liebe immer wieder verleugnete. Sharon sah diese Dinge gelassener.
"Julia, hör auf damit. Du machst Dir nur Dein, nein, unser Leben schwer. Wir wissen doch, daß wir uns lieben, wen geht das was an? Warum fühlst Du Dich schlecht? Und wegen der Sache mit Paul. Ich will Dir ja keinen schlechten Geschmack bescheinigen, aber ein Fehlgriff kann ja mal erlaubt sein. Er ist einfach ein Idiot. Punkt. Und nun laß mich mit diesem bescheuerten Kerl zufrieden. Er ist es doch nun wirklich nicht wert, daß wir uns deswegen streiten oder?"

Sharon nahm Julia in den Arm und küssend verschwanden sie im Schlafzimmer und wenig später waren sie engumschlungen eingeschlafen.

Julia saß über ihrer Arbeit. Irgendwie klappte mal wieder nichts so, wie sie es geplant hatte, aber wo war das schon so? Das schien zur Zeit in allen Abteilungen so zu sein. Julia war ziemlich beschäftigt, als das Telefon klingelte und nickte ihrer Kollegin Tina auffordernd zu, den Hörer abzunehmen. Diese nahm das Gespräch entgegen und mit jeder Sekunde verfinsterte sich ihr Blick.
"Ja, ich werde es ausrichten."
Unwillig schüttelte Sie den Kopf. Lange sah sie Julia an. Dann gab sie sich einen Ruck.
"Könnten wir kurz zusammen sprechen, es wäre ziemlich wichtig."
Julia sah erstaunt auf. So ernst hatte Tina noch nie mit ihr geredet, vielleicht hatte sie Sorgen.
"Na, Tina, schießen Sie los, wo drückt der Schuh?"
"Könnten wir woanders reden. Es wäre mir lieber. Gleich auf dem Flur?"
Julia sah erstaunt hinter ihrer Kollegin her. Was war denn in Tina gefahren? Nun gut, sie wollte der Sache auf den Grund gehen. Ob das mit dem Telefonat zusammenhing? Tina stand auf dem Flur und sah sich ständig

ängstlich um. Julia verstand nichts
mehr.

"Was in Gottes Namen ist denn passiert? Hängt das mit dem Anruf zusammen? Nun reden Sie doch endlich."

Tina sah sich noch einmal um, um sich
zu vergewissern, daß niemand ihr Gespräch beobachtete.

"Sie sollen zum Chef kommen und zwar
jetzt gleich um 11 Uhr."

"Und das macht Ihnen solche Probleme?"

"Nein, da ist noch etwas."

Tina sah auf Ihre Schuhe.

"Und?"

" Ja, Paul.."

Langsam wurde Julia ungeduldig.

"Was ist mit Paul?"

Paul war wie sie in dieser Firma beschäftigt, wenn auch in einer ganz
anderen Abteilung. Sie hatten sich
auf einem dieser unvermeidlichen Be-
triebsfeste kennengelernt. Ihre Trennung hatte nicht viel Aufsehen er-
regt. Über private Angelegenheiten
wurde in der Firma sehr wenig gesprochen. Eben das Übliche. Tina
wußte da ein wenig mehr, sie war mit
der Neuen von Paul in einem Weiterbildungslehrgang und hatte wohl so
einiges erfahren. Nach diesem mehr
als peinlichen Zwischenfall in der
Kneipe war Julia Paul nur ab und zu
in der Kantine begegnet. Aber ausser
einem "hallo" und "wie geht´s" hatten

sie sich nie viel zu sagen. Was hatte
also Paul mit dem Gespräch beim Chef
zu tun?
"Was ist nun mit Paul?"
Ängstlich sah sich Tina noch einmal
um.
"Also von mir haben Sie das nicht,
das müssen Sie mir versprechen. Sie
sollten das nur wissen, wenn Sie
jetzt nach oben müssen."
Julia verstand nichts mehr, was wurde
da gespielt? Sie rannte anscheinend
gerade in ein offenens Messer. Alle
wußten es, nur sie nicht? Aber was?
Wäre ja nicht das erste Mal.
"Zum letzten Mal, reden Sie endlich,
was ist mit Paul?"
"Nun, seine Freundin hat ihn verlassen, als sie mit dem zweiten Kind
schwanger war und da wollte er ja zu
Ihnen zurück."
"Zu mir? Wie kommt er denn darauf?"
"Das war, als Sie in Urlaub waren und
dann hat er Sie doch abholen wollen.."
"Wann wollte er mich abholen und wo?"
"Naja, er sagt, am Flughafen, er habe
gewartet und dann wären Sie ja auch
angekommen und hätten dann aber ...
mir ist das alles so peinlich."
"Er war am Flughafen?"
Tina nickte und starrte zu Boden.
"Und auf dem letzten Abteilungsessen
hatte er getrunken und hat es dann
zum Besten gegeben, daß Sie mit einer

Frau... und er habe sich gewundert,
warum Sie die Trennung so locker genommen hätten, eben wegen dieser
Frau. Er hätte es ja immer schon ge-
wußt. Diese Frau hätte es schon zu
seiner Zeit in Ihrem Leben gegeben.
Und eben hat der Chef angerufen, der
war ja auch dabei und Sie sollen zu
einem Gespräch nach oben kommen. Ich
wollte ja nur, daß Sie es wissen. Es
tut mir so leid."
Tina drehte sich um, verschwand mit
gesenktem Kopf in Windeseile und ließ
eine sprachlose Julia zurück. Das war
ja wohl der Gipfel der Geschmacklo-
sigkeit. Nun machte auch der pein-
liche Zwischenfall mit Paul erst einen Sinn. Langsam dämmerte ihr, woher
der Wind wehte. Na, dann wollte sie
mal. Sie nahm alle Entschlossenheit
zusammen und machte sich auf zur
Chefetage. Zum ersten Mal hatte sie
das Gefühl, beobachtet zu werden. Anscheinend hatte sich diese Neuigkeit
ja schnell herumgesprochen. Nun, Sie
würde sich auf keinen Krieg einlas-
sen.
Herr Günther begrüßte Sie schon im
Sekretariat. Seine Sekretärin wich
Julias Blicken aus. Also die auch.
"Kommen Sie doch näher."
Galant hielt er ihr die Tür auf.
"Setzen Sie sich."
Er verschanzte sich hinter seinem
großen Schreibtisch, drückte die

Sprechtaste, um seiner Sekretärin im Vorzimmer mitzuteilen, daß er nicht gestört werden möchte.

"Sie wissen sicher, warum ich Sie zu mir gebeten habe?"

Freundlich sah er sie an. Julia setzte sich bequem zurecht und sah ihn entwaffnend an.

"Nein, eigentlich nicht."

So, nun mußte er ja zur Sache kommen. Langsam wurde er unruhig. Julia fühlte langsam Wut in sich aufsteigen. Nun knetete er auch noch seine wulstigen Hände. Das konnte sie noch nie an ihm leiden.

"Nun, wie wir ja beide wissen, sind Sie in Ihrer Abteilung mit großen Projekten vertraut, die ja auch, wie soll ich sagen, im öffentlichen Interesse stehen. Zumal Sie als Ausbilderin ja eine gewisse Vorbildfunktion haben, wenn Sie verstehen, was ich meine?"

Er sah sie hilfesuchend an. Julia erwiderte seinen Blick mit einem betont gelangweilten Gesichtsausdruck. Sie hatte sich völlig unter Kontrolle, würde seiner verlogenen Freundlichkeit keine Chance einräumen. Er erhob sich und ging mit schweren Schritten auf und ab. Bedrohlichkeit lag in jedem seiner Schritte.

"Sehen Sie, ich persönlich habe nichts gegen Sie, was Sie privat treiben, geht mich ja nichts an, aber

Ihnen werden junge Mädchen zur Aus-
bildung anvertraut und wir haben einen guten Namen zu vertreten. Stellen
Sie sich vor, wenn Ihre Tochter, das
müssen Sie doch verstehen."
Langsam wurde er ungeduldig. Schweigend sah sie ihn an.
"Ich verstehe nicht, was Sie mir sagen wollen. Sie haben recht, daß mein
Privatleben Sie absolut nichts an-
geht. Wenn Sie an meiner Arbeits-
leistung etwas zu kritisieren haben,
ich bin für faire Kritik immer zu-
gänglich."
Nun setzte er sich wieder und baute
sich kampflustig hinter seinem
Schreibtisch auf.
"Wir können Sie in dieser Position
nicht weiter beschäftigen, das müssen
Sie doch einsehen. Es gibt viel Gerede und das können wir uns nicht
leisten. Sehen Sie das doch ein, wir
können doch eine vernünftige Lösung
finden."
Julia nahm einen letzten Anlauf. Sie
wußte, gleich würde er explodieren,
er war für seinen Jähzorn bekannt.
Sie kannte keinen Angestellten, der
nicht voller Angst in das Chefbüro
ging und am Boden zerstört wieder
herauskam. Sie würde sich nicht de-
montieren lassen.
"Wie ich schon sagte, Herr Günther,
mein Privatleben geht Sie absolut
nichts an. Das Gerede geht nicht von

mir aus. Wenn Sie persönlich solchem Getratsche Bedeutung beimessen, hat das mit meiner Person rein gar nichts zu tun. Und um Ihre Ängste zu beruhigen: wenn ich eine Tochter hätte, die einen männlichen Ausbilder hätte, würde ich mir sicher auch eine Menge Sorgen machen."

Julia warf ihm seine eigenen Unverschämtheiten mit dem freundlichsten und unverbindlichsten Lächeln vor die Füße. Langsam stieg die Wut in ihm auf. Es war nicht mehr zu übersehen. Julia zog den Rückzug an. Innerlich bebte Sie vor Wut. Jetzt bloß kein unbedachtes Wort, welches eine Kündigung oder Versetzung rechtfertigen würde. Lagsam erhob sich Julia aus ihrem Sessel.

"Sehen Sie, Herr Günther, ich habe mir nichts zuschulden kommen lassen, meine Arbeitskraft wird sehr hoch eingeschätzt und hat, wie Sie schon betonten, mit meinem Privatleben nichts zu tun. Ich muß mich nun leider entschuldigen, Sie wissen, der Termindruck."

Noch während sie das sagte, ging sie ruhig und scheinbar gelassen auf die Tür zu, öffnete diese, sah ihn mit einem entwaffnenden Lächeln an und ließ einen wütenden und sprachlosen Chef zurück. Innerlich schäumte sie vor Wut und Entsetzen. Sie fand gar keine Worte. Jetzt erst einmal einen

Kaffee. In der Kantine gönnte sie sich gleich noch ein Stück Buttercremetorte dazu. Sowas tröstet ungemein.

"Hallo, werte Kollegin."

Ihr Wutpegel stieg sekündlich in unermeßliche Höhen. Paul! Der kam ja wie gerufen, und wie er das sagte! Sich vor den Kollegen zur Schau stellte, um seine verletzte Eitelkeit zu versorgen. Sie sah, daß er sich in der Nähe der Kasse zu Kollegen setzte und diese dann mit Seitenblick auf sie tuschelten. Das mußte ja die Nachricht des Jahres gewesen sein. Julia fühlte sich entsetzlich. Das Tuscheln schien immer lauter zu werden. Es reichte. Das Maß war voll. Langsam stand sie auf, holte sich noch einen Kaffee und ging anschließend langsam auf Paul zu. Dieser drehte sich erwartungsvoll zu ihr herum. Ein triumphierendes Grinsen im Gesicht. Da packte sie der Haß, für Sekunden verlor sie die Gewalt über sich. Ihre Liebe würde sie nicht von ihm in den Schmutz werfen lassen, nicht von ihm. Sie machte eine absichtlich ungeschickte Bewegung und der heiße Kaffee landete in Pauls Schoß. Schreiend sprang dieser auf, hielt sich die Hände schützend vor seinen schmerzenden Schoß.

"Sorry, das tut mir jetzt aber wirklich leid."

Sie lächelte still vor sich hin und ging hocherhobenen Hauptes aus der Kantine. Jetzt haben sie was zu reden! Sie ging zurück in ihre Abteilung und zwang sich zur nötigen Disziplin. Man würde sie nicht entlassen können. So einfach würde sie es denen nicht machen. Nach Feierabend saß sie noch eine ganze Weile in ihrem Büro. Wieviele Stunden hatte sie hier verbracht, was hatte sie nicht alles erreicht, und nun sollte das alles gewesen sein? Sie mußte nach Hause, fühlte sich müde und erschöpft. Schleppend ging sie zum Wagen und fuhr nach Hause. Sie erzählte Sharon vom heutigen Tag und diese hörte ihr lange und schweigend zu. Julia war mit den Nerven am Ende. Sharon war genauso entsetzt wie Julia. Ratlosigkeit auf beiden Seiten. Dann stand Sharon auf, ging zum Schreibtisch und holte einen Brief hervor. Schweigend gab sie ihn Julia und sah diese fragend an.

Julias Stirn runzelte sich mit jedem Satz, den sie las. Sie atmete tief durch und dann fing sie schallend an zu lachen. Zerknüllte den Brief und beförderte ihn mit einem gezielten Wurf in Richtung Papierkorb. In diesem Moment klingelte das Telefon. Julia erhob sich und nahm ab. Ihre Mutter war am Apparat.

"Was ist denn mit Dir los Kleines, Du klingst nicht gut. Bei Euch ist alles in Ordnung?"

Julia fingerte den zerknüllten Brief wieder hervor und glättete das Papier.

"Ich les Dir jetzt mal was vor, ja? Aber bei uns ist alles in Ordnung, Mom. Bei Sharon und mir schon, nur bei anderen scheinbar nicht."

"Nun erzähl schon, was ist denn passiert?"

"Nun gut, also hier steht, es ist ein offizielles Schreiben von meinen Vermietern, na, die oben in der Dachwohnung, die Eigentümer hier von diesem ehrenwerten Haus. Liebe... damit meinen Sie mich, sollten Sie vorhaben, Ihre Bekannte über die üblichen Besuchzeiten hinaus zu beherbergen, möchten wir Sie darauf hinweisen, daß Sie zur Untervermietung nicht berechtigt sind. Hochachtungsvoll. Na, was sagst Du nun?"

Dann berichtet Julia ihrer Mutter von den Querelen mit Paul, den Vorfällen in ihrer Firma. Ihrer Ratlosigkeit.

"Weißt Du was Kleines, es ist doch noch früh, kommt doch vorbei und bleibt über´s Wochenende. Wir finden schon eine Lösung. Was meinst Du?"

Julia sah Sharon an.

"Wollen wir zu meinen Eltern über´s Wochenende? Mom hat uns gerade eingeladen."

Sharon nickte.

"Ich pack´ dann schon einmal ein paar Sachen zusammen. Grüß schön."

Julia tat es gut, die Stimme ihrer Mutter zu hören. Als sie später den Hörer auflegte, fiel ihr ein, daß sie nicht einmal erfahren hatte, warum ihre Mutter angerufen hatte. Aber das würden sie schon noch klären. Sie hatten es ja nicht weit.

"Fondue, ich glaub´ es nicht, das Wochenende ist gerettet."

Sharon verlief sich immer zuerst in die Küche, wenn sie Julias Eltern besuchten. Dann begrüßte sie Julias Mutter und erst dann machte sie sich auf den Weg, Julias Vater zu suchen. Wie immer war er in seinem Schuppen zu finden. Er hatte sich dort vor Jahren eine Hobbyecke eingerichtet und verbrachte viele Stunden dort. Sie sahen beide lächelnd Sharon nach, die zielstrebig durch den Garten im Schuppen verschwand. Nun würden Sie eine Weile fachsimpeln, und wenn man die beiden nicht mit Essen wieder hervorlockte, würden sie dort wohl Nächte verbringen.

Julia nahm ihre Mutter in den Arm und ließ sich hin und herwiegen, wie ein kleines Mädchen. Tränen der Erschöpfung, der aufgestauten Enttäuschungen der letzten Wochen stiegen in ihr auf

und in den Armen ihrer Mutter ließ
sie ihnen freien Lauf. Sie fühlte
sich so ausgelaugt, so leer. Manchmal
schien das alles ihre Kräfte zu über-
steigen. Sie berichtete ihrer Mutter
von den letzten Wochen, von ihrer
glücklichen Stimmung, als sie Sharon
kennenlernte, den Situationen, denen
sie sich nun nicht gewachsen fühlte.
Ihrer Ratlosigkeit. Ihrer Wut. In ihrer Wohnung lebten sie voller Glück-
seligkeit, ausgelassen wie die Kinder und sobald sie die Wohnung verließen, mußten sie sich Masken über-
stülpen. Ein gräßlicher Zustand, dann
diese halben Wahrheiten, zu denen sie
sich immer noch durchringen mußte.
Dann der Auftritt von Paul. Das Gespräch in der Chefetage, das Gespräch
mit Tina und der Brief der Vermieter.

"Ach Julia, ich bin da auch ziemlich
ratlos. Woher weiß Paul eigentlich
von Dir und Sharon, hast Du mit ihm
gesprochen?"
Julia schüttelte den Kopf. Ihre Mutter drückte sie noch einmal fest an
sich und schob sie dann behutsam zum
Küchenstuhl.
"Ich mach´ uns erst einmal einen
Kaffee. Nachher gibt´s Erdbeertorte."
Julia mußte schon wieder lächeln. So
einfach war das bei ihrer Mom, Essen
hielt Leib und Seele zusammen.
"Wie ist das denn nun mit Paul?"

"Ach, ich weiß auch nur, was mir meine Kollegin erzählt hat. Seine Neue hatte ihn wohl verlassen und da hatte er einfach beschlossen, zu mir zurück zukommen. Nobel, nicht wahr? Ich weiß überhaupt nicht, wie er darauf kommt. Ich hätte ihn gar nicht wieder haben wollen. Naja, er ist dann zum Flughafen und wollte wohl den Rosenkavalier spielen und das ist dann ja gründlich daneben gegangen."

"Wieso, was war denn am Flughafen?"
Ihre Mutter musterte sie mit fragendem Blick.

"Naja, Du machst mich ganz verlegen."
Julia spielte mit der geblümten Tischdecke, zog mit den Fingerspitzen die Konturen der Blüten nach. Wie oft hatte sie schon hier mit ihren Eltern gesessen. Der alte Küchenstuhl, den sie immer wieder neu lackiert hatten.

"Was macht Dich verlegen?"
Julia drehte sich herum. Ihr Vater stand mit Sharon in der Küchentür. sah sie neugierig an.

"Nun gibt's erst einmal Kaffee und Kuchen, beeilt Euch mal Ihr zwei, wie seht Ihr denn aus?"
Julias Mutter hob mißmutig die Augenbrauen, ein klares Zeichen für ihren Vater zum schnellen Rückzug. Sharon schloß sich eilig an.

Als sie später gemütlich beim Wein zusammen saßen, kam ihr Vater wieder auf das so abrupt abgebrochene Thema zurück.

"Was macht Dich denn nun eigentlich verlegen?"

Ihre Mutter blickte sie auch fragend an.

"Tja, was war denn nun am Flughafen. Nun spann uns doch nicht auf die Folter."

Julia lief rot an. Sah ihre Mutter strafend an.

"Mom!"

Ihr Vater drehte sich zu Sharon um.

"Dann verrat Du mir doch mal, was da so Peinliches vorgefallen ist, mir kannst Du es doch erzählen."

Julia stand auf, um sich noch ein Glas Wein einzuschenken.

"Ihr seid unmöglich, Ihr zwei."

Ihre Mutter lachte auf.

"Da hast Du recht, also?"

Auch ihr Vater ließ nun nicht mehr locker.

"Wie war das denn nun mit Euch zweien?"

Sharon sah Julia achselzuckend an. Julia gab sich geschlagen. Sie erzählte von ihren ersten Tagen in Los Angeles, der ersten Begegnung mit Sharon. Ihren gemeinsamen Tagen in Malibu, dem Strandhaus, den Ausflügen, die sie unternommen hatten. Den vielen Gemeinsamkeiten, die sie in dieser kurzen Zeit entdeckt hatten, den Schönheiten von Malibu, den

Delphinen, die sie dort gesehen hatten. Nur die durchliebten Stunden umging sie geschickt. Sie erzählte von der Angst, die sie bekam, sich ihren entdeckten Gefühlen zu stellen. Von ihrer Flucht aus dem Ferienhaus. Ihrem Heimflug. Sie schilderte ihre durcheinandergeratenen Gefühle, ihren langen Heimflug, der so voller Trauer war, weil sie glaubte, Sharon verloren zu haben. Dann ihre Ankunft in Hamburg, das unerwartete Wiedersehen mit Sharon. Der Auftritt von Paul, den sie nicht gesehen hatten, als sie dort völlig verliebt gestanden hatten, engumschlungen, wie sie sich vor allen Leuten geküßt hatten.

Julias Eltern beobachteten beide, warfen sich ab und an bedeutungsvolle Blicke zu. Blicke, die man nur verstand, wenn man eine solch harmonische und lange Ehe führte, wie die beiden. Wo Blicke genügten, voller Vertrautheit und Liebe. Sie schmunzelten still vor sich hin, weil sie in Gedanken zurückkehrten zu der Zeit, in der sie sich kennengelernt hatten, sie Revue passieren ließen. Ihre ersten Rendezvous, die ersten verstohlenen Küsse, wie lange war das her. Sie fanden sich in den Erzählungen ihrer Tochter wieder, im Leuchten von Julias Augen, wenn sie von Sharon sprach. Als Julia am Ende ihrer

Schilderung war, saßen sie alle eine Weile still da, als könne ein falsches Wort diese Stimmung zerstören. Julias Vater hatte den Schalk im Nacken, als er Sharon ansah.

"Und was hast Du Dir dabei gedacht, meine Tochter so durcheinander zu bringen?"
Mit frechem Blick sah er sie an.
"Nun?"
"Wieso ich? Sie hat mich verführt, mir den Kopf verdreht!"
Sharon zeigte entrüstet mit dem Finger auf Julia.
"Ich hatte nicht die Spur einer Chance. So war das nämlich."
Nun mischte sich Julias Mutter ins Geplänkel.
"Ich denke, Du hattest einen Job in Los Angeles. Wie ging es denn dann weiter nach Los Angeles, bevor ich Euch in Hamburg ... naja, überrascht hatte?"
"Überrascht, wobei?"
Julias Vater war plötzlich hellwach.
Sharon lachte laut.
"Das wüßtest Du gerne, wie?"
"Natürlich wüßte ich das gerne, aber mir erzählt ja nie einer was."
Mitleidig sahen sie ihn alle drei an.
Die Mutter blickte zu Julia.
"Du holst uns jetzt noch eine schöne Flasche Wein hoch, Sharon kann uns noch ein paar Knabbersachen aus der

Küche holen, und dann bekommen wir den Rest auch noch zu hören."

Sharon und Julia erhoben sich, um Wein und Knabberkram zu holen. Ihr Vater schenkte den Wein nach und ließ sich gleich wieder in seinen Sessel plumpsen. Sah Sharon aufmerksam an.

"Nun? Ich höre."

"Was soll ich denn da erzählen?"

Sharon wand sich, aber sie hatte keine Chance. Gegen soviel Neugier war sie machtlos.

"Na gut, Ihr habt´s nicht anders gewollt. Ist nämlich eine ziemlich lange Geschichte."

"Wir haben Zeit. Nicht wahr?"

Julias Mutter erhielt vom Vater einen liebevollen Stupser auf die Nase.

"Na, wie war das denn nun mit Deinem Job in Los Angeles. Wann hast Du Deine Pläne geändert? Was willst Du denn nun tun?"

Sharon verdrehte die Augen und sah hilfesuchend zu Julia.

"Sie haben es nicht anders gewollt."

Sie rückte sich bequem zurecht.

"In L.A. hatte ich ja nur einen befristeten Job angenommen. Ein Ferienprogramm sozusagen. Man arbeitet drei Monate und dann hat man 3 Monate später einen bezahlten Rückflug. Ich fand die Idee gut, zumal ich nicht so recht wußte, was ich nun nach meinem Grafik Design Studium anfangen soll.

Es gab mir so etwas wie eine Bedenk-
zeit. Ich fand es sehr reizvoll, zumal ich Los Angeles als Zielort toll
fand. In den letzten freien drei Monaten wollte ich reisen und mich im
Land der unbegrenzten Möglichkeiten
ein wenig tummeln. Tja und dann lern-
te ich Julia kennen. Wir haben ein
paar Tage miteinander verbracht, zogen dann nach Malibu. Ich hatte dort
von einem Freund ein Ferienhaus gün-
stig bekommen. Ich fühlte mich so
rundherum wohl, für mich hätte es immer so weitergehen können. Aber der
Abschied rückte ja immer näher, und
ich wurde von Tag zu Tag unruhiger
und unglücklicher. Irgendwie hatte
ich das Gefühl, daß ich dieses
Glücksgefühl retten wollte, nicht ta-
tenlos zusehen konnte, daß mir das
nun alles so entglitt. Aber was sollte ich machen?"
"Ausgerissen bist Du. Die Cassette,
der Brief, die Rose, die Muschel.
Gott war ich unglücklich."
Ein vorwurfsvoller Blick traf Sharon.
"Nein, so war das doch gar nicht. Ich
bin ja noch einmal zurückgekommen,
aber da warst Du verschwunden. Ich
hatte ja auch gar keine Chance, das
aufzuklären, die Zeit lief mir einfach davon. Ich hatte mit unserem Or-
ganisator telefoniert und versucht,
einen Flug zu bekommen, aber er sagte

mir, daß das wohl recht aussichtslos
sei."
"Davon weiß ich ja gar nichts."
Nun wurde Julia hellwach. Bisher hatte sie dazu keine Fragen gestellt,
hatte ihr Wiedersehen für eine glückliche Fügung gehalten, für eine sehr
glückliche sogar. Dann war ihr gemeinsames Leben so turbulent verlau-
fen, daß sie sich nie mehr darüber
unterhalten hatten, es schien so
klar, so einfach. Sie liebten sich
und fertig. Fragend suchte ihr Blick
den von Sharon.
"Ich hatte morgens von einem Kollegen
eine Nachricht zugestellt bekommen,
daß ich mich sofort bei Greg melden
soll. Das war der Kollege, der sich
um einen Flug bemüht hatte. Ich wollte Dich nicht wecken, habe mein Gepäck mitgenommen, um es später nicht
schleppen zu müssen. Als ich dann bei
Greg ankam, strahlte er übers ganze
Gesicht. Er hatte einen Flug aufge-
trieben. Zwar mit Zwischenstop in New
York, aber das war mir egal. Ich habe
sofort zugegriffen. Ich habe mir dann
Gregs Wagen geliehen und bin zum
Strandhaus zurückgefahren, um Dich
mit der tollen Neuigkeit zu über-
raschen. Aber Du warst abgereist.
Kannst Du Dir vorstellen, wie ich
mich gefühlt habe, ich wußte ja
nicht, was nun passiert ist, war völlig fertig. Wo hätte ich Dich auch

suchen sollen? Ich hatte ja auch nicht mehr so viel Zeit, wenn ich meinen Flieger noch erreichen wollte. Ich bin also zurück zu Greg, und er hat mich zum Flugzeug gebracht. So hatte ich mir meinen Abschied von L.A. nicht vorgestellt. Meine Ankunft in Hamburg."

"Aber Du wußtest doch, wann Julia ankommt, oder nicht?"

"Schon, aber ich mußte ja zwischenlanden und hatte drei Stunden Verspätung, als ich in Hamburg ankam. Ich wußte nicht einmal, ob ich Julia am Flughafen erreichen würde. Ich glaube, mir war noch nie im Leben so schlecht."

Julia gluckste vor sich hin.

"Du hättest ja immerhin für mich den Flieger entführen können."

Sharon funkte ihr einen bösen Blick rüber.

"Du bist ja nicht ganz unschuldig gewesen, so einfach abzuhauen. Aber ich will Dir verzeihen. Mein Herz ist ja so groß."

"Mir ging's auf meinem Rückflug auch nicht gerade gut, das kannst Du mir glauben. Ich wußte doch nicht einmal, was nun passiert war. Meine letzte Nacht in L.A. hatte ich mir weiß Gott ganz anders vorgestellt."

"So, wie denn?"

Ihr Vater sah sie bedeutungsvoll an. Julias Wangen wurden feuerrot.

"Naja, anders eben."

"Nun lenkt nicht ab, wie ging´s denn nun weiter."

Julias Mutter rutschte unruhig hin und her. Griff nach den Chips und knabberte aufgeregt weiter.

"Ich kam, wie ja schon gesagt, mit einiger Verspätung in Hamburg an und wußte eigentlich auch nicht, wie es nun weitergehen sollte. Ich hatte Angst, daß wir uns wieder verpassen würden, wenn ich noch in die Stadt fahren würde, um mir eine Unterkunft zu suchen. Ich habe mich also die letzten Stunden mühsam wachgehalten, versucht, nur ja nicht einzuschlafen. Tja, und dann kam Julia, es war, als sei meine Müdigkeit jäh verflogen, ich war nur glücklich, unbeschreiblich glücklich. Wir sind uns in die Arme gefallen und tja, so war das."

"Und was war da nun so peinlich, daß ihr mir das nicht verraten wolltet?"

"Paps, wir haben uns eben geküßt."

Julia schnalzte vorwurfsvoll mit der Zunge. Schüttelte unwillig den Kopf.

"So richtig?"

Ihr Vater runzelte belustigt die Stirn. Dann rutschte er in gespieltem Entsetzen auf der Couch zusammen und faßte sich ans Herz.

"Mein Ruf, mein guter Ruf."

"Manchmal habe ich schon ein schlechtes Gewissen, wegen Julia. Sie hat in letzter Zeit so viel Ärger bekommen. Ich meine auf der Arbeit, mit Paul, den Vermietern. Irgendwie reagieren sie sich alle immer an Julia ab. Ich bin für die meisten ja auch nicht faßbar. So greifen sie dann immer Julia an, und ich fühle mich irgendwie schuldig, weil ich ja auch bei ihr wohne."

Julias Vater atmete tief durch.

"Mach´ Dir da mal nicht so viele Sorgen, Julia wird sich da schon durchbeißen. Die werden sich schon allesamt beruhigen. Das ist sicher nur die erste Aufregung. In unserer Verwandtschaft wird das auch noch ein paar Wellen geben, aber da werden wir uns schon durchmogeln, nicht Julchen?"

"Ach Paps, ich fühle mich so ausge-liefert, so hilflos. Als ich in der Firma vor meinem Chef stand, später durch die Firma ging und mich alles anstarrte. Ich fühlte mich so ausge-zogen, so wehrlos. Warum muß ich mich rechtfertigen, mich angreifen lassen? Du weißt, meine Karriere war mir im-mer wichtig, sehr wichtig, aber ich habe manchmal das Gefühl, daß diese Dinge an Wichtigkeit verlieren und ich kann gar nichts dagegen tun."

"Was willst Du denn nun beruflich machen, Sharon? Hast Du schon kon-krete Pläne?"

"Oh je, diese Frage hatte ich befürchtet. Ich war zwar nicht untätig in der letzten Zeit, aber ich habe nichts in Aussicht, was so richtig erfolgversprechend aussieht. Man hat mir ein Angebot gemacht, in einer Druckerei zu jobben, und ich werde das vorübergehend annehmen. Es klingt nicht schlecht, ein Freund von mir arbeitet dort. Ist zwar ein ziemlich alternativer Laden, aber die machen auch das ganze Drumherum selbst. Werbung, Layout und so. Ich könnte mal in die Werbung ein wenig reinschnuppern, das liegt mir eigentlich und ist wohl erst einmal die beste Alternative. Langsam geht mein Erspartes nämlich auch zur Neige. Und nun hab´ ich genug gebeichtet und muß ins Bett."

"Das ist ein Wort."

Auch Julias Mutter erhob sich und räumte die Gläser zusammen.

Am frühen Morgen war Sharon schon wieder als erste auf den Beinen und eingemummelt in diesen unvermeidlichen, dicken Strickpullover, begrüßte sie wie so oft den neuen Tag, streunte über´s Grundstück von Julias Eltern, pfiff fröhlich vor sich hin, jagte Nachbars Katze nach, die versucht hatte, Vögel zu jagen, kickte kleine Steine in die Luft. Am Gartenzaun blieb sie stehen, stützte sich auf die Zaunpfosten und verharrte dort lange regungslos. Julia´s Mutter war durch das leise Klappen der Haustüre wach geworden und beobachtete Sharon vom Küchenfenster aus, während sie das Frühstück zubereitete. Kaffeeduft zog durchs Haus und kurz darauf fanden sich auch Julia und ihr Vater in der Küche ein. Ein wenig verschlafen blickte er in die Runde.

"Wo ist denn die Vierte im Bunde?"

Julia´s Mutter nickte in Richtung Garten. Er folgte ihrem Blick.

"Was treibt Sie da eigentlich immer?"

"Sie begrüßt den neuen Tag."

Julias Mutter lachte leise.

"Das macht sie immer so. Irgendwie ist sie ein Träumer. Manchmal beneide ich sie ein wenig darum. Sie ist noch so unbekümmert. Julia, holst Du sie zum Frühstück? Es kann nämlich losgehen. Ich bin gleich soweit. Nachher wollte ich mit Dir zur Werkstatt fahren, meinen Wagen dort lassen und Du könntest mich dann zurückfahren, dann hab´ ich morgen mehr Ruhe. Euch Zwei kann man doch alleine lassen?"

Sie blickte stirnrunzelnd zu ihrem Mann. Der grinste nur und widmete sich bereits ausgiebig seinem Frühstücksei. Julia ging in den Garten, näherte sich der träumenden Sharon und nahm sie in den Arm, als sie hin-

ter ihr stand. Küßte sie zärtlich auf
die Wange.
"Guten Morgen, na wo bist Du gerade?
Malibu, L.A. ? Oder ganz woanders?"
Sharon seufzte tief auf. Zuckte die
Schultern.
"Manchmal beneide ich Dich, das alles
hier, Deine Eltern, Dein zu Hause.
Das Leben scheint um so vieles ein-
facher zu sein. Man gehört einfach
irgendwohin. Man kann zurückkehren,
wenn man fortgeht. Ich mag Deine
Eltern, Du hast ganz schönes Glück
gehabt. Wollen wir nicht tauschen?"
"Du hast sie ja nicht alle, Du willst
mich Deinen Eltern zum Fraß vor-
werfen, was habe ich Dir getan?"
Julia spielte die Rolle der schlecht-
behandelten Freundin geradezu per-
fekt, gab Sharon einen Klaps und lief
dann zurück zum Haus.
"Ich gehe jetzt frühstücken und wenn
Du Dich nicht beeilst, hat mein Vater
alles alleine aufgefuttert."
Dieser Aufforderung kam Sharon nur zu
gerne nach. Sie genoß diese Familien-
idylle, die sie selbst nicht kennengelernt hatte. Anschließend wurden
die Aufgaben verteilt. Julia und ihre
Mutter brachten den Wagen in die
Werkstatt, ihr Vater verzog sich in
seinen Schuppen am Ende des Gartens
und Sharon opferte sich für den
Abwasch. Später machte sie sich auf
die Suche nach Julias Vater. Der alte

Schuppen unter den hohen Tannen war schon völlig windschief, er mußte ur- alt sein. Die Türen waren verzogen, windschief hing der Laden vor dem Fenster. Spinnweben hingen unter den Balken und zogen sich von dort quer über das staubige Fenster. Nur sche- menhaft konnte sie Julias Vater hin- ter der verschmutzten Scheibe erspä- hen. Er hatte ihr Kommen bemerkt, ihr Körper warf Schatten durch das Fen- ster.

"Komm rein, Du kommst ja wie geru- fen. Du kannst mir gleich helfen. Ich habe vorhin mit meiner Frau gespro- chen. Wir würden es gerne sehen, wenn wir uns duzen und beim Vornamen nennen. Katharina und Bernd klingt doch auch netter. Was hälst Du davon? Ich würd´ mich freuen. Wir könnten ja mit einem Bierchen anstoßen, irgendwo muß ich noch ein Paar versteckt haben."

Sharon kämpfte mit den aufsteigenden Tränen. Julias Vater drückte sie kurz und verschwand dann brummelnd in der hinteren Ecke, um nach dem Bier zu suchen. Sharon sah sich um. Kisten stapelten sich an der Wand, neben dem Fenster war eine Werkzeugwand ange- bracht. An der linken Schuppenwand lag eine Menge hochgetürmtes Gerümpel unter einer Plane versteckt, dort war Julias Vater nun zugange und suchte die versteckten Bierflaschen. Ein wenig Ordnung konnte hier auch nicht schaden. Triumphierend tauchte er wenig später aus dem Gerümpel wieder hervor, in der Hand zwei verstaubte Flaschen. Er stülpte zwei Kisten um und machte eine einladende Geste. Sharon ließ die Bierflasche ploppen. So saßen sie nun dort, ließen die Beine baumeln und sahen den Sonnenstrahlen entgegen, die durch den aufgewühlten Staub, Streifen auf den Schuppenboden malten.

"Was machst Du hier eigentlich?"

"Ich wollte ein wenig für Ordnung sorgen. Ein wenig Platz schaffen."

"Zum Entrümpeln gäb´s hier ja auch genug. Aber an einem Sonntag?"

"Da sagst Du was, laß das mal meine Frau nicht hören. Wenn man vom Teufelchen spricht."

Er deutete mit der Bierflasche zum Haus. Julia und ihre Mutter waren wieder eingetroffen. In ein paar Stunden mußten sie wieder dieses Nest verlassen, zurück in die Stadt und sich dem Leben stellen. Sharon wäre am liebsten hiergeblieben. Morgen würde sie sich wieder in Julias Wohnung dem Einrichten widmen.

Das Arbeitsklima in Julias Firma entspannte sich langsam, obwohl sie unterschwellig immer noch diese leicht agressive Spannung spürte. Sie versuchte sich ganz auf ihre Arbeit

zu konzentrieren, sich nicht provo-
zieren zu lassen. Ihr Chef hatte sich
seit jenem Gespräch nicht mehr
blicken lassen, und auch Paul machte
fortan einen großen Bogen um sie.
Trotz der Liebe zu Sharon fühlte sie
sich manchmal ein wenig allein mit
ihrer Situation. Natürlich gab es ein
paar Personen, die öffentlich zu
ihrer Homosexualität standen, aber
war sie es denn auch? Liebte sie
Sharon, oder liebte sie Frauen? Sie
blickte sich in ihrer Abteilung um.
Ob von denen auch jemand? Sie über-
legte, was sie vom Privatleben ihrer
Kolleginnen und Kollegen wußte. Wer
war nicht verheiratet, wer erzählte
nie etwas über sich? Vielleicht hatte
das aber auch gar nichts zu sagen.
Sie war, bevor sie Sharon begegnete
doch auch lange Zeit alleine geblieben. Einmal in den letzten Monaten
war sie mit Sharon zu einer Veranstaltung gegangen. Sie mußte leise
lachen. Gott, welche Erfahrung. Sie
und Sharon legten immer größten Wert
auf ein gepflegtes Äußeres, sie liebte es, sich zu schminken, ihre Figur
mit schönen Kleidern zu unterstrei-
chen. Auf dieser Veranstaltung waren
sie wie Paradiesvögel aufgetaucht.
Sie hatten sich sehr deplaziert gefühlt. Sandaletten, Radlerhosen,
schlabberige T-Shirts und zwei Tage
nicht duschen, wären sie so er-

schienen, sie hätten in den äußeren Rahmen gepaßt. Sie waren auch nicht lange geblieben. Wenn sie Sharon nicht getroffen hätte, dort hätte sie nie eine Frau kennengelernt, da war sie sich sicher. So blieben sie die meiste Zeit für sich, fuhren zu ihren Eltern oder trafen sich mit Freunden, die Julia von früher noch kannte. Claire und Sandra hatten anfänglich ein wenig verstört auf die neue Situation reagiert, Tobias war es egal und Andreas machte Sharon ständig den Hof, als wolle er nicht wahrhaben, was er längst wußte. Am nächsten Wochenende wollten sie alle zusammen Julias vierzigsten Geburtstag feiern.

Die Party war in vollem Gange, viele bunte Girlanden schmückten den Flur, Kerzen verbreiteten eine gemütliche Stimmung, eine bunte Gesellschaft warf zu laut kreischendem Rock´n Roll Arme und Beine von sich. Julia saß in der Küche bei einem Glas Wein, als die Haustürglocke sie aufschrecken ließ. Bestimmt ihre Vermieter. Waren sie zu laut? Sie gab sich einen Ruck und öffnete. Das Treppenhaus war dunkel. Sie drückte die Gegen-sprech-anlage. Nichts. Niemand meldete sich. Dann klingelte es wieder. Energischer als vorher. Noch einmal drückte sie den Knopf.

"Du kannst ruhig aufmachen, ich weiß,
daß Du da bist."
Paul!
"Herzlichen Glückwunsch, ist Deine,
na Du weißt schon, auch da?"
Schon an seinem Tonfall hörte sie,
daß er völlig betrunken war.
"Willst Du mich nicht reinlassen? Wir
können doch mal wieder auf die guten
alten Zeiten anstoßen."
"Ich komm´ runter."
Zornig griff Julia nach ihrem Schlüs-
sel und stand wenig später vor dem
völlig betrunkenen Paul. Welch
jämmerlicher Anblick. Unrasiert, mit
glasigem Blick sah er ihr entgegen,
lehnte an der Hauswand, in der Linken
eine fast leere Weinflasche, in der
Rechten einen zerknitterten Blumen-
strauß. Er hielt ihr die Blumen ent-
gegen.
"Herzlichen Glückwunsch. Auf Dich,
Julia, auf uns."
"Paul!"
"Ja?"
Nun sah er sie spöttisch an.
"Willst Du mich nicht hereinlassen?
Ist sie da, Deine, Deine Mätresse?"
"Paul, ich möchte, daß Du wieder
gehst."
"Warum, ich glaube nicht, daß Du nun
mit einer Frau, das kann doch nicht
Dein Ernst sein. Was willst Du von
der, Dich an mir rächen? Ok, ok, ist
Dir ja bestens gelungen."

Er nahm angewiedert einen Schluck aus
der Flasche. Deutete nach oben.
"Macht ihr es da oben, wie ist es mit
ihr? Da fehlt doch was, oder?"
"Paul, es reicht, ich glaube, es ist
alles gesagt. Geh´ jetzt bitte wieder."
Er rührte sich nicht von der Stelle,
starrte zu Boden.
"Julia, kannst Du das mit ihr nicht
vergessen, ich meine, Du hast ja nun
Deine Rache gehabt. Könntest Du Dir
nicht denken, ich sei ein wenig ver-
wirrt gewesen? Nun bin ich wieder
ganz der Alte und wir könnten doch
noch einmal anfangen. Nur Du und
ich."
"Das ist doch nicht Dein Ernst. Paul,
nun reiß Dich mal zusammen. Geh nach
Hause und schlaf Deinen Rausch aus.
Das mit Sharon geht Dich nichts an,
das ist alleine meine Sache. Ich
möchte auch nicht mit Dir darüber reden."
Im Treppenhaus ging das Licht an.
Schritte waren auf den Holzstufen zu
hören. Die Tür ging auf und Sharon
stellte sich neben Julia. Paul zuckte
zusammen. Deutete mit der Flasche auf
Sharon.
"Oh, Madame Mätresse ist ja auch da.
Was hast Du Dir dabei gedacht? Julia
war eine Klassefrau, das mit Dir hat
sie nicht nötig, hörst Du. Laß sie in

Ruhe. Verschwinde doch einfach wieder
dahin, wo Du hergekommen bist."
Sharon sah fragend zu Julia.
"Kommst Du wieder rauf, Du wirst
schon vermißt."
Paul äffte Sharon nach.
"Kommst Du rauf, Du wirst schon ver-
mißt. Och Gott, wie süß, wie fürsorg-
lich."
"Paul, es reicht, geh jetzt bitte
wieder."
Julia legte den Arm und Sharon. Ein
Mann kam auf die Haustüre zu, musterte erst Paul, dann mit verkniffe-
nem Gesicht Julia und Sharon.
"Gibt´s ein Problem?"
Julia ging zur Seite, um ihm Platz zu
machen. Paul schwankte auf den Mann
zu, blieb schwankend vor ihm stehen.
Zeigte mit dem Blumenstrauß abwechselnd auf Julia und Sharon.
"Was sagen Sie dazu, zwei Weiber, die
sich knutschen und was weiß ich noch.
Lesben und das in Ihrem Haus. Ist das
nicht widerlich?"
Der Mann schob ihn energisch beiseite, ging an Julia vorbei, ohne sie
zu grüßen und verschwand im Hauseingang. Sharon nahm Julias Arm, zog
sie in den Hauseingang und wollte die
Tür schließen. Paul schob seinen Fuß
dazwischen. Sharon hatte genug von
diesem Theater, riß die Tür wieder
auf und gab dem verblüfften Paul
einen Stoß, daß dieser rückwärts tau-

melte und zu Boden fiel. Noch während sie die Treppe nach oben gingen, hörten sie, wie er unten tobte, sämtliche Klingelknöpfe drückte und allen Nachbarn lallend mitteilte, daß seine Frau ihn wegen einer Mätresse, einer von diesen widerlichen Lesben verlassen habe und es nun unter diesem Dach mit ihr treibe. Julia stellte in der Wohnung die Klingel ab. Die anderen hatten von all dem nicht viel mitbekommen, und auch Sharon ließ sich den Zwischenfall nicht anmerken. Sie saßen alle gemütlich beisammen, als es energisch an der Tür klopfte. Erstaunt sahen alle zu Julia. Die verzog genervt das Gesicht und machte sich auf den Weg. Sharon erzählte den vieren von dem Vorfall an der Haustüre. Fünf Augenpaare blickten fragend zu Julia, die kopfschüttelnd wieder reinkam.

"Happy birthday, das war gerade meine Vermieterin. Das war unten ihr Mann, den Paul darüber aufgeklärt hat, daß ich hier mit meiner lesbischen Mätresse lebe. Eine solche ekelhafte Geschichte möchte sie nicht in ihrem Haus dulden, sie erwartet, daß Sharon sich hier nicht mehr blicken läßt."

Schweigen machte sich breit. Andreas berappelte sich zuerst.

"Wißt Ihr was, ich kenne da ein Lokal, wo Schwule und Lesben verkehren, wir gehen jetzt und feiern dort in Deinen Geburtstag hinein. Das wäre doch gelacht, wenn wir uns die gute Laune verderben lassen."

Tobias sah ihn groß an.

"Was soll das denn heißen, woher kennst Du denn eine Schwulenkneipe. Na, ich weiß nicht so recht, was meint Ihr denn?"

Andreas sah Tobias prüfend an.

"Hast Du Angst, sie könnten Dich vernaschen?"

"Mich?"

"Na also, dann laß uns lossausen."

Tobias stand auf.

"Na dann mal los, Mädels."

Als sie aus dem Haus kamen, war von einem randalierenden Paul weit und breit nichts mehr zu sehen. Andreas fuhr vor und Sharon folgte mit Julia in ihrem Wagen. Zielstrebig fuhr Andreas in die Innenstadt. Weder Julia noch Sharon waren anschließend sehr verblüfft, als Andreas in der Kneipe von einigen Männern mit einem netten hallo begrüßt wurde.

Sharon grinste Julia an.

"Der Schuft, soll mich noch einmal hofieren. Tut so, als ob er hinter mir her ist, pah!"

"Tut er?"

Julia lachte frech.

"Jawohl, tut er."

Ausgelassen feierten sie in den neuen Tag, stießen um Mitternacht gemeinsam auf Julias Geburtstag an. Der Tag

lockte schon mit seinem Licht, als
Julia und Sharon sich mit dem Taxi
nach Hause bringen ließen. Mit
Claire, Sandra, Tobias und Andreas
brauchten sie an diesem Sonntag wohl
nicht mehr zu rechnen, aber den Kaf-
feeklatsch mit dem selbstgemachten
Kuchen ihrer Mutter würden sie sich
nicht entgehen lassen.

Seit Sharon diesen neuen Job hatte,
war es vorbei mit dem großzügigen
Verwöhntwerden. Julia schnaubte. Gerade hatte sie, nach einem streß-
reichen Tag, noch schnell eingekauft,
die drei Tüten in den vierten Stock
geschafft. Wie sah es bloß wieder
aus. Sharon konnte schneller Unordnung schaffen, als Julia auf-
räumte. Es war ihr ein Rätsel. Da
nützt kein Reden, kein Toben. Sharon
gab sich zwar Mühe, nur war davon
nicht viel zu sehen. Sie war mit
Claire verabredet, und die wollte in
einer knappen Stunde da sein. Also
hieß es mal wieder sich sputen. Julia
raffte die verstreuten Klamotten von
Sharon zusammen und beförderte sie
mit einem gezielten Schwung in die
große Seemannskiste, die sie vor
kurzem bei einem Flohmarktbummel
erworben hatten. Sie hatten sich
darauf geeinigt, daß Julia alles, was
nur so herumlag, in eben diese Kiste
beförderte. Julia amüsierte sich

immer wieder, wenn Sharon böse vor sich hin murmelnd in der Kiste herumwühlte, weil sie wieder einmal auf der Suche war. Nur die Küche war Sharons Reich geworden, das sie sich auch nicht streitig machen ließ. Sharon hatte bereits für Julias Besuch alles vorbereitet. Julia deckte den Tisch, goß nebenbei die Blumen und sauste noch einmal mit dem Staubsauger durch die Wohnung, bevor sie sich mit einem prüfenden Blick vergewisserte, daß alles auch ihren Gefallen fand. Nun konnte Claire kommen. Kaum gedacht, klingelte es auch schon an der Türe. Julia drückte den Türöffner und drückte wenig später eine schnaufende und völlig aus der Puste geratene Claire an sich.

"Die Stufen bringen mich noch einmal um."

"Hmm, dann könnte ich den Auflauf alleine essen, das wäre schon eine Versuchung."

"Ich roch das eben schon vor der Tür, da krieg ich gleich wieder Hunger und das bei meiner Figur."

Claire sah klagend an sich herab.

"Naja, so schlimm ist das nun auch nicht. Du kannst Dich aber auch anstellen. Magst Du ein Glas Wein zum Essen?"

"Es können auch ein paar mehr sein, Tobias holt mich nachher ab."

Julia drehte sich mit fragendem Blick um.

"Tut sich da was?"

"Nein, nicht was Du denkst, obwohl, süß ist er ja schon, aber viel zu jung. Und überhaupt, er ist gar nicht mein Typ. Mein Bruder brauchte heute meinen Wagen, das ist alles."

"Sharon ist auch viel jünger."

"Aber eine Frau."

"Was hat denn das damit zu tun?"

"Frauen sind für ihr Alter reifer oder nicht? Dann eher schon Andreas."

Julia blickte spöttisch.

"Na das laß mal lieber."

"Das war ein Scherz. Ich tu ihm schon nichts. Ich glaube, ich konzentriere mich jetzt lieber auf den Auflauf. Prosit."

Claire hob das Glas.

"Auf, tja auf was denn nun?"

Julia prostete ihr zu.

"Auf die Liebe."

Nach dem Essen gingen sie mit den Gläsern ins Wohnzimmer. Claire mußte erst einmal wieder die neuen Errungenschaften bewundern.

"Also, jedesmal wenn ich komme und das ist ja einmal die Woche, hat sich etwas Neues angesammelt. Wo findet ihr bloß immer solche Sachen?"

"Einen Teil haben wir von meinen Eltern, ein paar Sachen vom Trödel. Ich liebe Flohmärkte."

Claire ließ sich schwungvoll auf die Couch fallen, Julia nahm auf ihrem Schaukelstuhl Platz, den sie von Sharon zum Geburtstag bekommen hatte.

Claire sah sich um.

"Was sagen eigentlich Deine Eltern dazu?"

"Wozu?"

"Naja, ich meine so zu Dir und Sharon. So zu der ganzen Situation."

"Ach Claire, wie kann ich Dir das bloß begreiflich machen, jedesmal fangen wir wieder davon an."

Claire schnaufte leise.

"Ich begreif´s irgendwie nicht. Ich bekomm´ es nicht in meinen Schädel. Du mit einer Frau. Ich mag Sharon, sehr sogar, aber das, ich versteh´s nicht. Ich meine, Du bist auch das einzige Kind zu Hause. Hast Du da nie daran gedacht, daß Deine Eltern enttäuscht sein könnten?"

Julia wollte erst aufbrausen, lenkte dann aber wieder friedfertig ein.

"Natürlich hatten sich meine Eltern einiges anders vorgestellt. Heirat, Haus im Grünen, Enkelkinder. Tja und dann komm´ ich nach der Trennung von Paul mit Sharon daher."

"Meine Eltern würden abdrehen."

Claire schenkte noch einmal nach.

"Und dann der ganze Ärger, den Du hattest und den Du haben wirst. Ist es das wert?"

"Oh, Du meinst, ich hätte ein kleines Abenteuer suchen sollen und das still und leise, und mir schnell wieder einen Alibimann suchen. Ist es das, was Du meinst?"

"Und dann gleich zusammenziehen. Ihr hättet doch vielleicht ein wenig diplomatischer vorgehen können. Oder nicht?"

"Claire, für wen denn? Meine Mom hatte ich gleich am ersten Tag damit überfallen. Mit dem Zusammenziehen hat es sich so ergeben. Sharon hatte keine Wohnung und da war das erst einmal die beste Lösung."

"Naja, aber sie wohnt doch nun auch schon über ein Jahr hier. Du hast mir nie erzählt, daß sie nach einer anderen Wohnung sucht."

Claire schien es diesmal genau wissen zu wollen, sich nicht mit den üblichen Floskeln abspeisen zu lassen. Sie griff nach der Dose mit den Erdnüssen, schenkte noch einmal nach und kuschelte sich auf der Couch in die Kissen. Herausfordernd sah sie Julia an. Zuckte mit den Schultern und forderte Julias Erklärung förmlich heraus.

"Claire, nur weil Du partout alleine leben willst, muß ich das doch nicht auch wollen, oder?"

"Nein, sicher nicht, aber mit einer Frau?"

"Ich liebe Sharon."

Claire lachte.

"Das ist aber auch das einzige, was ich wirklich begriffen habe und dagegen gibt´s auch kein Argument. Liebt sie Dich?"

"Jetzt kommt der Altersunterschied?"

"Ja, genau, was ist damit?"

"Das ist mir egal, es ist so unbedeutend. Es könnnte doch genauso gut passieren, daß ich sie verlassen wollte. Wie kommst Du immer darauf, daß die Jüngeren weglaufen. Deine Typen sind doch auch immer älter, als Du. Da stört es Dich doch auch nicht. Ich könnte mir einfach nicht mehr vorstellen, ohne Sharon zu leben. Ich habe nicht einmal Lust, darüber nachzudenken, wie es ohne sie wäre."

"Also immer eitel Sonnenschein?"

"Nein, das nun auch nicht, aber ich glaube, Liebe fängt erst dort wirklich an, wo man bereit ist, die Schwächen des Anderen zu nehmen, zu tolerieren. Ich habe ja auch meine Fehler und Schwächen und ich brauche mich nicht zu verstellen, kann mich ganz so geben, wie ich bin und das macht es eigentlich auch so schön mit Sharon. Ich lebe gerne mit ihr zusammen. Sie geht ihren Hobbys und Interessen nach, ich meinen, wir treffen uns gemeinsam mit Freunden, oder alleine, so wie heute. Es ist in Ordnung. Ich weiß, daß wir zusammengehören und welche Sicherheit könnte ich bekommen, ausser einem Gefühl tief in mir, das von nichts spricht, ausser von Liebe."

"Ärgerst Du Dich nie so richtig über sie? Keine offenen Zahnpastatuben, was ist mit der Unordnung? Nervt Dich das nicht?"

Julia mußte lachen.

"Ich hab´ das ja schon damals in unserer ersten Zeit kennengelernt, damals in Malibu. Sie war damals noch unordentlicher als heute, aber da hatten wir ja die Truhe auch noch nicht."

"Welche Truhe?"

"Die Seemannstruhe im Flur. Wir nennen sie die Chaosbox. Alles, was rumliegt, fliegt dort hinein und schon brauche ich mich nicht mehr zu ärgern."

"Ich wünschte, ich könnte das auch alles so locker sehen. Was ist mit ihren Eltern?"

"Oh je, das ist so ein Thema für sich, aber sprich sie darauf bloß nie an. Sie hat keinen Kontakt mehr zu ihren Eltern, die wollen mit so einer nichts zu tun haben. Sie hat es noch ein paar mal versucht, aber dann irgendwann hat sie für sich dieses Kapitel abgeschlossen. Da kamen Briefe mit Listen von Psychiatern. Schimpfbriefe an mich. Du machst Dir keine Vorstellung, was hier los war. Die waren richtig von dem Gedanken be-

sessen, sie von dieser schrecklichen
Krankheit wieder zu heilen. Wie es
ihr dabei geht, stand überhaupt nicht
zur Diskussion. Ihre Ex hat ja
schließlich auch ganz schnell ge-
heiratet, um in Frieden leben zu
können. Bin ich froh, daß meine
Eltern da anders denken. Für sie ist
das wichtigste, daß ich glücklich
bin, das bin ich, weiß Gott. Aber ich
glaube, Sharon hat das bisher ganz
gut hinbekommen. Vielleicht stehlen
sich ihre Eltern auch viel Freude.
Wenn ich da an meine beiden denke.
Ich hab´s da ja richtig gut. Meine
Eltern haben Sharon irgendwie
adoptiert. Das Schlimmste daran war,
daß ich sie auch noch bestärkt hatte,
sich mit ihren Eltern zu versöhnen.
Ich konnte mir bis zu diesem Tag auch
nicht vorstellen, daß so etwas
möglich sein könnte. Ich habe mir
eine Zeitlang ganz schöne Vorwürfe
gemacht."
Claire blickte in Richtung Tür. Das
Flurlicht ging an.
"Haben wir Besuch?"
Sharon kam kurz rein, drückte erst
Claire, dann Julia einen dicken
Schmatzer auf.
"Woran hast Du das gemerkt?"
Sharon sah keck zu Julia.
"Es ist so schön ordentlich. Habt ihr
mir noch was vom Auflauf übrig ge-

lassen? Ich sterbe nämlich vor Hunger."

Sie trat den Rückzug an.

"Ihr seid mir nicht böse, wenn ich gleich ins Bett verschwinde, ich könnt´ im Stehen einschlafen."

Julia zwinkerte ihr zu.

"Nein, laß uns alte Frauen mal alleine."

"Gute Nacht, Sharon."

Claire prostete ihr zu.

"Und danke für den vorzüglichen Auflauf. Kannst Du mir das Rezept irgendwann mal aufschreiben?"

"Ja klar, aber heute bitte nicht mehr. Gute Nacht Ihr Beiden."

Claire war gegangen, nachdem sie noch eine ganze Weile über die Liebe und das Leben diskutiert hatten. Claire wollte ihre Freiheit genießen. Keine Rücksicht nehmen. Sich nicht einschränken. Konnte nicht verstehen, warum eine Beziehung eine Bereicherung sein sollte. Für sie war eine Beziehung der reine Streß. Sie wehrte sich seit Jahren gegen die Einengung einer Beziehung. Litt zwar auch darunter, daß sie es mit niemandem lange aushielt, aber da sie auch nicht bereit war, ihre Einstellungen zu überdenken, endete jeder Versuch einer Beziehung in einem Chaos. Sie wollte nicht kontrolliert werden, immer großzügig sein, gleichzeitig wur-

de sie von ihrer Eifersucht zerfres-
sen. Sie suchte Nähe, ertrug sie aber
nicht, sie suchte Distanz und fand
Einsamkeit. Sie bewunderte Julia und
Sharon für ihre harmonische Beziehung, war aber selbst nicht bereit, sich voll einzubringen, um sich
im Vertrauen geborgen fühlen zu können. So drehte sich ihr Liebes-
karussell ständig. Wie oft hatten sie
über ihre so verschiedenen Einstellungen diskutiert. Claire führte die
Trennung von Julia und Paul immer
wieder als einen weiteren Beweis da-
für an, daß eine zerbrochene Beziehung immer das Ende sei und es
einem dann leid täte. Julia empfand
das nicht so, sie sah gerne auf die
gemeinsamen Jahre mit Paul zurück.
Sicher waren die Zeiten der Trennung
sehr schwierig gewesen und die Szenen
der letzten Zeiten auch nicht gerade
schön, aber sie würden die vielen
schönen gemeinsam erlebten Stunden
nicht mehr zerstören können. Und war
die Trennung von Paul nicht auch eine
Chance? Hätte es die Trennung von
Paul nicht gegeben, hätte es L.A.
nicht gegeben, Malibu und Sharon. Das
Ende einer zufriedenen Beziehung war
der Anfang einer großen Liebe. Julia
löschte das Licht und ging leise ins
Schlafzimmer. Sah noch eine Weile auf
die schlafende Sharon, die dort ein-

gerollt in ihre Kuscheldecke friedlich schlief.

Julia beugte sich vorsichtig über die
schlafende Sharon, küßte ihr auf die
Wange. Fuhr mit dem Finger den Konturen der Decke nach. Kuschelte sich
an Sharon. Suchte mit der Hand die
Wärme des ihr so vertrauten Körpers.
Zog die Decke vorsichtig beiseite.
Mondlicht warf Lichtstreifen durch
die Jalousien auf Sharons Körper, die
ihre Schönheit, ihre Sanftheit voll
zur Geltung brachten. Julias Herz zog
sich sehnsuchtsvoll zusammen. Behutsam bedeckte sie Sharons Körper mit
liebevollen Küssen. Streichelte zärtlich Sharons Busen, fuhr mit der Hand
langsam über den Rücken, genoß es
sichtlich. Sharon begann, sich langsam schlaftrunken herumzudrehen. Sie
legte den Arm um Julia, zog sie
dichter zu sich heran. Ließ sie spüren, daß sie bereit war, sich Julia
hinzugeben, teilte sich in fordernden
Küssen mit. Lange Zeit später warf
der Mond Lichtschatten auf zwei ver-
schwitze Körper, die sich leiden-
schaftlich liebten, gemeinsam ihre
Körper zum explodieren brachten, bevor sie schweißnaß engumschlungen
einschliefen.

Monate später hatte sich in ihrem
Leben viel verändert. Sie hatten den

Repressalien von Julias Vermietern klein beigegeben, waren auf der Suche nach einer neuen gemeinsamen Wohnung. Die Druckerei, in der Sharon arbeitete, hatte die Werbeabteilung ausgebaut und Sharon in ein festes Arbeitsverhältnis übernommen. Die Druckereiräume waren durch den Ausbau der Werbeabteilung zu klein geworden und sollten verlegt werden. So wollten sie erst einmal abwarten, wohin die Druckerei umzieht, bevor sie sich um eine neue Wohnung bemühen wollten. Sharon war so zufrieden mit ihrer Arbeit, daß sie auch bereit war, längere Arbeitswege in Kauf zu nehmen. Am liebsten wäre ihnen eine Wohnung genau in der Mitte. So hatten sie viel zu planen und die Wochen verflogen wie im Fluge. Julia goß gerade ihre geliebten Juccapalmen, eine Aufgabe, die sie Sharon verboten hatte, um nicht das Ertrinken ihrer geliebten Pflanzen in Kauf nehmen zu müssen. Der Schlüssel drehte sich im Schloß. Julia blickte auf. Schon so spät? Nein, Sharon war zu früh dran. Durch die Umzugsabsichten der Druckerei hatte Sharon in der letzten Zeit viel zu tun und kam meist erst sehr spät nach Hause.

"Keiner da?"

"Doch, ich gieße die Blumen."

Sharons Jacke flog in hohem Bogen auf den Garderobenständer. Sie kam ins

Wohnzimmer gesaust, riß Julia in ihre
Arme, drehte sich wild mit einer
zappelnden Julia im Arm, die versuchte, nicht den ganzen Inhalt der
Gießkanne im Wohnzimmer zu verteilen.
Außer Atem hielt Sharon inne. Küßte
Julia auf den Mund, nahm ihr die
Gießkanne aus der Hand. Zog sie hinter sich her zum Flur, zu ihrem
"Stundenplan". Da Sharon immer wieder
vergaß, Julia ihre Termine mitzuteilen, hatten sie einen Stundenplan
eingeführt, in den sie ihre geplanten
Termine schrieben. So wußten beide
immer, wo sie den anderen gerade erreichen konnten. Die streßige An-
fangsphase, wo sich oft ihre Termine
überschnitten, hatte so ein schnelles
Ende zu beider Zufriedenheit gefunden. Sharon sah Julia strahlend an.
"Na, was liegt heute an?"
Julia mußte lachen. Diese Verrückte,
die mit kindlichen Augen immer wieder
Wunder entdeckte, und das nach dieser
langen Zeit, die sie nun schon zu-
sammenlebten.
"Na, was ist denn nun?"
Sharon hüpfte ungeduldig von einem
Fuß auf den anderen. Wackelte übermütig mit dem Kopf. Pfiff irgendeine
wilde Melodie. Julia fuhr mit dem
Finger auf das Tagesdatum. Da stand:
Druckereiumzug!! Wohnungsbesichtigung
19:00, Rendezvous mit Sharon 20:00.
Julia sah Sharon an. Ihre blauen

Augen verloren sich in Sharons Blick.
Stolz baute sich Sharon vor ihr auf.
"Tja, doll was? Schnell duschen und
dann nichts wie los. Oh, ich bin
schon ganz aufgeregt, den Rest erzähl
ich Dir unterwegs."
Auf der Fahrt platzte Sharon dann mit
den Neuigkeiten heraus. Ihr Chef hatte den Vertrag für die neuen Druk-
kereiräume heute unterzeichnet und
würde im oberen Stock die Atelier-
räume beziehen. Er hatte für sein
kleines Häuschen noch keinen Nachmieter und es Sharon angeboten. Mit
dem Vermieter war er zusammen im
Verein, und da er die Situation von
Sharon kannte, hatte er gleich alle
Mißverständnisse aus dem Weg geräumt.
Wenn sie sich einig werden, stünde
einem Einzug nichts im Wege. Julia
konnte ihre Firma gut erreichen, nur
Sharon würde sich wohl ein Auto
zulegen müssen, damit sie zu
frühschlafender Zeit auch zur Arbeit
käme. Aber daran sollte es nicht
scheitern. Sharon war zu vielen
Kompromissen bereit, wenn es darum
ging, Julia glücklich zu machen. Sie
wurden sich schnell einig mit dem
neuen Vermieter und Julia rief über-
glücklich ihre Eltern an, während
Sharon ihrem Chef gleich die neue
Kunde überbrachte. Julia verabredete
sich mit ihren Eltern für´s Wochenende, später saßen sie irgendwie be-

freit von so vielen Unklarheiten bei Pizza und Wein und stießen auf die glückliche Fügung an.

"Hast Du den spießigen Garten gesehen?"
Sharon lachte kichernd. Julia gluckste.
"Die Vorhänge?"
"Nein, waren die scheußlich. Da haben wir ja noch eine Menge zu tun."
Sharon sah Julia ernst an. Hob das Glas zum Prosit.
"Weißt Du eigentlich, wie glücklich ich mit Dir bin?"
"Ich möchte auch keinen Augenblick mit Dir missen. Fast keinen."
"Welchen denn?"
Julia pfiff den Sharon-schaff-Ordnung-Pfiff. Sharon zog eine Schnute.
"Gib´ zu, ich hab´ mich gebessert."
"Ja, ja, weil wir eine zweite Truhe gekauft haben."
"Bist Du gemein."
"Weißt Du, worauf ich mich freue?"
"Nein, aber Du wirst es mir hoffentlich verraten."
"Auf das Gesicht Deiner blöden Vermieter. Wie ist das eigentlich mit Deiner Kündigungfrist? Wann ziehen wir denn um?"
"Du hast recht, das muß ich noch klären, aber wir können ja einen Nachmieter stellen."

"Jemanden, den wir nicht leiden können, bei solchen Vermietern, wie
wär´s mit Paule?"
"Tzz! Sharon! Du nun wieder."
"Ich mein´ ja nur. Jemand nettes kann
man ja nicht in diese Monsterarme
treiben."
"Wenn wir zum nächsten Ersten in unser neues Reich können, dann haben
wir noch eine Menge an Arbeit. Ich
könnte mir ja Urlaub nehmen, was
meinst Du?"
Sharon guckte bedrupst.
"Schade, der schöne Urlaub, ich wollte so gerne verreisen. Naja, egal,
die Wohnung geht vor. Ich kann im Moment ja keinen nehmen, wenn die Druk-
kerei verlegt wird, aber danach
sicher. Mein Chef ist echt ok."
"Laß uns nach Hause gehen, ja? Ich
hab´ jetzt gar keine Ruhe mehr, hier
zu sitzen, ich könnte gleich anfangen
zu packen."
Kurze Zeit später machten sie sich
auf den Heimweg, nicht ohne noch einmal an ihrem neuen Häuschen vorbeizu-
sehen. Sharon hüpfte zu Hause noch
schnell unter die Dusche, gutgelaunt
und trällernd kam sie ins Schlafzimmer. Strahlte übers ganze Gesicht.
Hüpfte mit einem großen Satz zu Julia
ins Bett und wollte gerade das Licht
löschen, als sie einen Schubs von
Julia bekam.

"Du hast mal wieder einen Termin ver-
patzt."
"Ich? Nein, nicht schon wieder? Wieso, was denn?"
"Ich hab´s auch gerade erst gesehen,
vor lauter Freude über die neue Blei-
be ist es wohl passiert."
Leise fluchend und mit schlechtem Gewissen schlich Sharon in den Flur zu
ihrem Stundenplan. Julia löschte das
Licht und zündete die Kerzen an, die
sie neben dem Bett versteckt hatte,
stellte die gefüllten Sektgläser auf
den Nachtschrank. Sharon sah auf den
Stundenplan und dort stand in schnell
hingekritzelten Buchstaben. 0:30:
liebe mich!!!

Freitag abend standen sie im Feier-
abendstau, fluchten leise vor sich
hin, kämpften sich über die Elb-
brücken, ließen die Großstadt bald
hinter sich und wild hupend fuhren
sie bei Julias Eltern vor. Julias
Mutter war vor dem Haus damit beschäftigt, dem Zaun eine neue Farbe
zu verpassen. Julia drückte ihre Mutter an sich und gab ihr einen ge-
räuschvollen Schmatzer auf die Wange.
Sharon schnupperte. Grilldüfte zogen
durch die Luft. Schlagartig wurde ihr
ihr Hunger bewußt. Der Magen knurrte
unfreundlich und hungrig. Sie sah
Julia und ihre Mutter an. Schupperte
noch einmal mit Blick aufs Haus.

Julias Mutter zog sich die Handschuhe aus, zog Julia mit sich fort und winkte auch Sharon. Sie rief ihren Mann, und bei Grillwürstchen und Salat saßen sie zusammen und planten den Umzug. Sie mußten genau berichten, wie sich alles zugetragen hatte, was und wie sie bisher Vorbereitungen getroffen hatten. Sie erzählten von den gräßlichen Vorhängen, den gemusterten grünen und braunen Teppichen, dem Garten. Von Sharons Plänen, sich einen Wagen zuzulegen. Julias Mutter warf ein, sie könne doch Julias Wagen benutzen. Julia mußte nun ein kleines Geheimnis lüften.

"Ich mache ab nächste Woche einen Weiterbildungslehrgang und der ist zweimal in der Woche bis spät abends. Ich komme von dort schlecht nach Hause, Mom. Und mit der Bahn ist mir das zu unheimlich, zumal ich noch ein ganzes Stück zu Fuß gehen müßte."
"Warum weiß ich nichts von Deinem Kurs?"
Ihre Mutter sah sie fragend an.
"Das hat sich vorgestern recht kurzfristig angeboten und ich habe gleich zugesagt, damit ich auch irgendwann einmal in eine andere Abteilung komme. Da ist jemand abgesprungen und ich habe mich dann sofort entscheiden müssen. Nun muß ich zweimal in der

Woche nach Dienstschluß noch die
Schulbank drücken. Ich glaube, mein
Chef hat mich nur vorgeschlagen, um
mich loszuwerden, aber das ist egal.
Es ist eine Chance für mich und die
wollte ich nutzen. Sharon muß ja
abends auch immer mal länger arbei-
ten, da ist das ja dann nicht so
schlimm. Naja, deshalb brauche ich
den Wagen, sonst wäre das ja keine
Frage."
Julias Vater blies kleine Zigaretten-
kringel in die Luft. Grübelte kurz.
Dann sah er Sharon an.
"Komm´ doch mal mit. Hmm."
Alle drei sahen ihn fragend an. Er
erhob sich und ging mit Sharon in
Richtung Schuppen davon. Julia sprang
auf.
"Da will ich aber mit, was heckt er
denn nun schon wieder aus? Los Mom."
Sie folgten den beiden und ver-
suchten, durch die verschmutzen
Scheiben hindurch zu erkennen, was
Julias Vater und Sharon dort im
Schuppen trieben.
"Was machen die beiden denn da?"
Julias Mutter zuckte die Schultern.
Sie öffneten die knarrende Tür. Staub
kam ihnen entgegen. Hustend und pru-
stend machten sich Sharon und Peter
an der Plane im hinteren Teil des
Schuppens zu schaffen.
"Was treibst Du denn da, Peter,
hallo?"

"Gleich, gleich, ein wenig Geduld,
meine Liebe."
Julias Vater ließ sich nicht stören.
Er räumte mit Sharon die Plane bei-
seite, schob Kisten beiseite und zog
alte, klapprige Fahrräder beiseite.
Dann baute er sich triumphierend auf.
"Ha, wußte ich es doch, die gute alte
Hermine."
"Sag bloß, die lebt noch?"
Julias Mutter kam näher. Legte den
Arm um ihren Mann. Mit leuchtenden
Augen sahen sie sich beide an.
"Weißt Du noch, damals?"
Er sah sie liebevoll an. Eng schmieg-
te sich Julias Mom an ihn. Julia und
Sharon sahen sich fragend an. Julia
zuckte mit den Schultern. Hob fragend
die Arme. Was immer da nun geschah,
es sprach von Liebe, einer Vertraut-
heit, in der für Worte kein Platz
war. Julia und Sharon sahen diesem
Schauspiel eine Weile schweigend zu.
Julias Eltern standen engumschlungen
vor Hermine. Nach einer ganzen Weile
zog Julias Vater Sharon näher.
"Das ist die gute, alte Hermine.
Julia, komm näher, sieh doch nur."
Besitzerstolz, Liebe, Erinnerungen,
all das klang in seiner Stimme. Julia
blickte neugierig über Sharons Schulter. Da stand nun Hermine. Hinter Gerümpel verborgen, völlig verstaubt,
mit Spinnenweben verhangen. Ein altes
Motorrad, welches schon bessere Tage

gesehen hatte. Fragend sahen sie ihn an.

"Hast Du nicht erzählt, daß Du fahren kannst? Wir könnten sie ja wieder flott machen. Dann könntest Du zweimal in der Woche mit Hermine fahren. Ein wenig Bewegung täte der alten Dame sicher gut."

"Wo hast Du die denn her?"

Julia sah auf diesen Haufen Blech zu ihren Füßen. Er nahm sie in den Arm.

"Mit diesem Herminchen sind wir, Deine Mutter und ich, viel gereist. Schweiz, Österreich, Italien. Damals, als Du noch nicht geboren warst. Sie ist uralt, aber eigentlich ganz gut in Schuß. Ich habe sie vor kurzem hier beim Entrümpeln wiedergefunden. Irgendwie konnte ich mich nie von ihr trennen. Weißt Du noch, wir zwei auf Hermine. Der alte Starclub? Mit Petticoat und Tolle sind wir los. Zum Entsetzen unserer Eltern. Ach, lang ist das her. Zum Grillen an die Elbe, und Hermine immer dabei. Das war eine wilde Zeit mit uns beiden, was Katharina?"

Er nahm seine Frau in den Arm, und engumschlungen schlenderten sie von dannen. Julia und Sharon sahen den beiden nach, die in Erinnerungen versunken durch den Garten gingen, sich auf der alten Hollywoodschaukel niederließen und alte Erinnerungen austauschten. Julia und Sharon spür-

ten, daß sie stören würden und ver-
drückten sich zu einem ausgedehnten
Spaziergang durch die Nachbarschaft.
Als es dämmerte, kehrten sie langsam
zurück und gesellten sich zu Julias
Eltern, die immer noch in der Schau-
kel saßen.
"Morgen ist zwar Sonntag, aber wir
können uns die gute alte Hermine ja
mal anschauen. Dann müssen wir sie
über den Baurat bringen und dann soll
sie Dir gehören."
"Warum soll sie nicht Julia haben?"
Sharon war verlegen.
"Sie kann nicht fahren. So einfach
ist das und bei Dir wäre sie doch in
guten Händen. Mach mir das Vergnü-
gen. Aber eine Bedingung habe ich
schon."
"Sag nichts, Peter, ich seh's Dir an,
Du willst sie wieder mal fahren."

Wochenlang verschwanden Sharon und
Julias Vater an jedem Wochenende im
Schuppen, während sich Julia in ihr
altes Kinderzimmer zum Lernen zurückzog. Julias Mutter hatte sich
längst damit abgefunden, daß sie nun
Worte wie Luftfilter, Vergaser-
Leerlaufdüse und Kolben zu sämtlichen
Tages- und Nachtzeiten fielen, und
ihr Mann und Sharon ständig nach
Benzin rochen und sie die beiden kaum
noch zu Gesicht bekam. Dann kam der
große Tag, voller Stolz standen Peter

und Sharon in der Küche, die Hände schwarz und ölig, Spuren ihrer wilden Reparaturen im Gesicht. Grinsend über beide Backen.

"Hermine kommt nun an die Luft. Der Countdown läuft, Katharina, bring den Schampus."

Julias Mutter köpfte eine Flasche und holte vier Gläser. Dann rief sie nach Julia, und erwartungsvoll gingen sie in den Garten. Da stand sie nun. Hermine!

"Die ist ja gar nicht wiederzuerkennen. Nein, sieh nur Peter, wie damals. Unsere kleine Hermine."

Stolz standen Julias Vater und Sharon vor Hermine. Chrom blitzte. Das schwarze Sattelleder hob sich kontrastreich vom himmelblauen Tank ab. Fast majestätisch wirkte sie, wie sie da so im satten Grün stand, lässig auf dem Seitenständer lehnte. Julias Vater nahm Sharon in den Arm. Wie nah sie sich in den letzten Wochen gekommen waren. Hermine hatte sie eng zusammengeschweißt. Er schubste sie leicht mit der Schulter an, aufmunternd in Richtung Hermine. Sie sah ihn an.

"Nein, der erste Kick ist Deiner."

Er seufzte einmal tief, dann klappte er den Seitenständer ein, zog den Choke und nach zwei kräftigen Tritten fing Hermine an zu zittern und vibrieren. Die Luft roch nach Benzin.

Er legte den ersten Gang ein und mit einem leisen Schnurren trug ihn Hermine fort. Er drehte eine Runde im Garten und hielt mit tränennassen Augen vor seiner Frau. Lächelnd sah sie ihn an, schwang sich hinter ihm auf Hermine, schmiegte sich eng an ihn und zusammen knatterten sie immer im Kreis durch den Garten, bis die Luft erfüllt war von Benzingestank und Julia und Sharon hustend in der Mitte des Gartens standen. Sie schoben Hermine wieder in den Schuppen zurück, damit ihr nichts mehr zustoßen konnte, bevor der TÜV sich ihrer annahm. Immer wenn Julia und Sharon Ausfahrten mit Hermine unternahmen, fragten sie sich, ob Hermine ihre Eltern nicht auch schon vor vielen Jahren dorthin getragen hatte.

Langsam kehrte auch wieder ein wenig Ruhe in ihrem Leben ein. Julias Kurs neigte sich nach fast zwei Jahren langsam dem Ende, sie hatten sich in ihrem Häuschen schnell eingelebt. Sharon hatte alle Hände voll zu tun, damit Haus und Garten in Schuß blieben, da Julia sich sehr intensiv um ihr Lernpensum kümmern mußte, wenn sie Schritt halten wollte. Manchmal fragte sie sich schon, ob sie sich nicht übernommen hatte, aber nun, wo das Ende absehbar war, schienen die Monate verflogen zu sein. Sharon hatte sich in einen Schrauberlehrgang eingeschrieben und war nun eifrig bemüht, das Innenleben von Hermine zu erkunden. Hermine war ihr in kurzer Zeit so ans Herz gewachsen, daß es nicht nur ein Fortbewegungsmittel war. Sie träumte mittlerweile von großen Reisen mit Julia und Hermine, aber daran war zur Zeit gar nicht zu denken. Der nächste Urlaub war vor Julias Prüfung absolut nicht in Sicht. Sharons Freude auf das Ende von Julias Lernerei wurde eines Tages ziemlich getrübt. Julia hatte ihren Stundenplan ausgefüllt und weiterhin Kurstage eingetragen, obwohl Sharon sich sicher war, daß der Kurs dann längst zu Ende sein müßte. Ratlos stand sie im Flur.

"Julia?"

"Ja?"

"Wo steckst Du denn?"

"Im Bad, ich repariere den alten Hängeschrank."

Sharon trottete ins Bad. Setzte sich auf den Wannenrand. Musterte die Fliesen, auf denen sich kleine Entchen tummelten.

"Ich dachte, Dein Kurs ist in drei Wochen zu Ende? Du hast Dich im nächsten Monat noch eingetragen."

Julia blickte nicht auf, sondern widmete sich weiter intensiv dem Hängeschränkchen.

"Ja, eigentlich schon, aber ich hab´ noch einen kleinen Kurs angehängt. Es sind aber nur 7 Wochen."

Stirnrunzelnd sah Sharon sie an.

"Das hättest Du mir auch ruhig sagen können. Ich hatte mich schon so gefreut. Und was ist mit unserem Urlaub?"

"Wir fahren doch erst in 8 Wochen. Auf die sieben Wochen kommt es doch nun wirklich nicht mehr an, oder? Das kommt doch genau hin. Wo siehst Du das Problem?"

Sie blickte auf.

"Och, Sharon, nun zieh´ doch nicht so ein Gesicht. Was ist denn daran nun so schlimm?"

Sharon ging kopfschüttelnd wieder zum Stundenplan zurück und trug ihre Termine ein. Dann würde sie sich eben mit den Urlaubsplanungen beschäftigen. Sie telefonierte noch mit Claire, Tobias, Andreas und Sandra. Sie wollten mit dem alten Bus von Tobias bis nach Menton fahren, einen kleinen Abstecher nach Nizza machen. Andreas und Sharon wollten mit den Motorrädern fahren, das Gepäck im Bus mitnehmen lassen. Schnell hatte Sharon den Ärger über Julias Eigenmächtigkeit vergessen. Die Freude über die zwei Wochen später bestandene Prüfung wurde in feuchtfröhlicher Runde begossen. Am nächsten Morgen beseitigte Sharon die Spuren

der wilden Feier. Als sie die Gläser
in die Vitrine räumte, fiel ihr Blick
auf einen am Boden liegenden Zettel.
Sie hatte mal wieder für Durchzug
gesorgt. Sie schloß das Wohnzim-
merfenster und hob die Zettel auf.
Julias Kontoauszüge. Sie wollte sie
gerade wieder auf die Vitrine legen,
als sie stutzte. Julia hatte regel-
mäßig in den letzten Wochen größere
Beträge abgehoben. Sie hatte ihr
nichts davon erzählt. Sicher, es war
ihr eigenes Geld, aber warum diese
Heimlichkeiten? Unwillig schüttelte
sie den Kopf. Mißtrauen keimte
langsam auf. Erst der Kurs, von dem
sie nichts genaues wußte. Von dem
Julia auch nichts genaueres erzählte.
Die Überstunden der letzten sechs
Wochen. Sharon fühlte sich hilflos.
Sie griff nach ihrer Jacke, kritzelte
Kneipe in den Stundenplan und fuhr
mit Hermine in die Stadt. Stunden
später rief sie zu Hause an.

"Wo steckst Du denn, Sharon, ist was
passiert?"
"Nein, nein, ich hab´ nur ein wenig
zu tief ins.. hicks.. geschaut.
Kannst Du mich abholen?"
"Was machst Du denn für Sachen. Wo
steckst Du, ich hol´ Dich ab. Bleib´
bloß, wo Du bist."
Eine halbe Stunde später kam Julia
kopfschüttelnd um die Ecke.

"Na, Du machst ja Sachen. Was ist denn passiert?"
Sharon zuckte bockig die Schultern.
"Nichts, prost."
Julia nahm ihr energisch das Glas aus der Hand, zog sie von der Bank, schnappte die Jacke, bezahlte die Rechnung und schob Sharon aus dem Lokal. Bugsierte sie zum Wagen. Das hatte es ja ewig nicht mehr gegeben. Sicher, am Anfang hatte Sharon öfter solche Eskapaden geschossen, aber die waren mit der Zeit immer weniger geworden. Aber sie ließ Sharon gewähren. Sie würde sich ihr schon mitteilen. Es könnte zwar dauern, aber Julia machte sich darüber keine großen Gedanken. Sharon wurde ins Bett verfrachtet und am nächsten Morgen brachte Julia die verkaterte Sharon zur Arbeit. Abends wollte Sharon Hermine abholen, als ihr einfiel, daß der Schlüssel noch im Auto liegen mußte. Auch das noch. Sie rief Julia im Geschäft an. Tina war am Apparat.

"Entschuldigung, ich wollte gerne Frau Berger sprechen, ich hatte eigentlich Apparat 39 angewählt."
"Nein, nein, ist schon in Ordnung, der ist auf meine Nummer umgestellt, Frau Berger hat heute Urlaub. Soll ich etwas ausrichten?"

"Nein, danke, das hatte ich vergessen."
"Vielleicht kann ich weiterhelfen?"
"Nein danke, ich versuch´s dann Morgen noch einmal. Schönen Feierabend."
Sharon hängte ein. Sie wußte genau,
daß auch heute Überstunden eingetragen waren. Eine Mischung aus Angst
und Mißtrauen machte sich breit. Mit
dem nächsten Taxi fuhr sie nach Hause, holte den Ersatzschlüssel und
brachte Hermine wieder nach Hause.
Julia war nicht da. Sie wußte, daß es
nicht richtig war, daß sie in Julias
Zimmer den Terminkalender durchstö-
berte, aber ihre Angst und Wut trieben sie an. Tränen stiegen auf, erschöpft starrte sie auf das Buch in
ihrer Hand, ließ sich erschöpft in
den Drehstuhl fallen. Lange saß sie
dort. Sie mußte an die vielen schönen
Dinge denken, die sie gemeinsam erlebt hatten, die Gemeinsamkeit, die
auf so viel Liebe und Vertrauen auf-
gebaut war, an Julias Eltern,
Hermine, Malibu, ihren Umzug in ihr
gemeinsames Häuschen, den geplanten
Urlaub. Wieder und wieder schlug sie
die Seiten um, dann raffte sie sich
auf, schleppend und kraftlos schlich
sie langsam auf den Stundenplan zu.
Die letzten sieben Wochen. Morgen
wollten sie in Urlaub fahren. Was
sollte sie nun tun, alles abblasen,
Julia zur Rede stellen? Noch einmal

vergewisserte sie sich. An beiden
Tagen in der Woche, an den
"Kursabenden" stand dort immer
Michael. Auch die Überstunden hießen
Michael. Sharon glaubte zu er-
sticken. Sterne flimmerten vor
schwarzem Untergrund vor ihren Augen.
Mit dem Rücken zur Wand rutschte sie
langsam an der Wand runter, blieb in
gekrümmter Stellung so sitzen. Fas-
sungslosigkeit, Entsetzen und Angst,
pure Angst, Julia zu verlieren,
machte sich breit. Sie sprang auf,
wütend zerriß sie den Stundenplan,
Julias Kalender und feuerte die
Schnipsel durch den Flur. Gab der
Yuccapalme rasend vor Wut einen
Tritt. Der Blumentopf zersprang in
viele Scherben. Sharon schnappte
ihren Haustürschlüssel, jagte aus dem
Haus und lief sich ihre Wut aus dem
Leib. Schweißnaß und völlig erschöpft
trottete sie eine Stunde später
wieder in ihre Straße. Julias Auto
war nicht da. Ratlos zuckte sie mit
den Schultern. Sie steckte den
Schlüssel ins Schloß. Julia öffnete.
Fassungslos sah Sharon sie an,
blickte sich nach dem Wagen um, er
war nicht da. Julia stand mitten in
den Scherben, den Resten ihrer
geliebten Yuccapalme, hatte noch ein
paar Papierschnibsel, die sie auf-
gehoben hatte, in der Hand. Sie ließ

die Schnipsel fallen. Breitete die
Arme aus.
"Komm´ her, komm. Bitte."
Sharon stand wie versteinert.
"Sharon, bitte."
Julia zog sie ins Haus und schubste
mit dem Fuß die Tür zu. Nahm Sharon
in den Arm, küßte ihre Tränen fort.
"Was ist denn hier bloß passiert.
Sharon, was ist los?"
Sharon blieb stumm. Wütend preßte sie
die Lippen zusammen.
"Ich hab´ mich so auf heute gefreut,
Sharon, wir fahren morgen in Urlaub,
sag doch bloß was."
Sie schüttelte Sharon.
"Du machst mir Angst. Ich will wis-
sen, was los ist."
Sie zog Sharon hinter sich her, hob
die verteilten Schnipsel auf, die
Reste ihrer Yuccapalme. Tränen standen in ihren Augen. Ratlosigkeit
stand auch in Julias Gesicht. Was, um
Gottes Willen, war nur passiert? So
hatte sie Sharon noch nie erlebt. Sie
drückte Sharon auf das Sofa. Setzte
sich auf die Tischkante und puzzelte
die Teile zusammen. Ihr Geheimnis!
Sharon dachte doch nicht etwa? Sie
sah Sharon an. Diese saß dort mit
versteinertem, tränenlosem Gesicht,
völlig erschöpft. Doch, Sharon dachte
genau das! Sie kniete sich vor Sharon
auf den Fußboden. Nahm ihr Gesicht in
beide Hände.

"Glaubst Du, daß ich Dich liebe?"
Sharon nickte schwach. Doch, sie glaubte es, wollte nichts anderes glauben, konnte nichts anderes glauben. Sie sah in Julias Gesicht, ihre blauen Augen. Ja, sie liebte Julia.
"Wie kannst Du auch nur glauben, daß es jemand anderen geben könnte, daß ich Dich belügen würde, Dich betrügen. Sharon, warum hast Du nicht mit mir geredet. Beruhige Dich doch bitte, Kleines, es gibt nur Dich, ich liebe Dich doch, ich könnte Dir nie weh tun."
Sie zog Sharon näher zu sich heran, küßte ihre Tränen fort, nahm sie fest in den Arm. Sie wußte ja, was in solchen Momenten in Sharon vorging. Sharon, die nicht genug Liebe in ihrer Kindheit erfahren hatte, um rückhaltlos vertrauen zu können. Deren Hilflosigkeit in solchen Momenten in rasende Wut umschlug. Die sich dann in selbstzerstörerischer Weise in ihre eigene Welt zurückzog, zu der sie dann auch Julia keinen Zugang mehr gewährte. Die nicht nur den Glauben an Julias, sondern auch an ihre eigene Liebe verlor. Wie oft hatte Julia hilflos und ratlos solche Situationen erlebt. Sie, die in Geborgenheit und Liebe aufgewachsen war. Die sich der Liebe ihrer Eltern immer sicher war. Die übermütig durch ihre Kindheit getollt war, immer im

unerschütterlichen Glauben daran, daß ihr Vater es schon richten und ihre Mutter ihre Tränen trocknen würde. Julia sah Sharon an.

"Ist es wieder soweit?"

Sharon schniefte. Machte eine verlegene Grimasse. Wischte mit dem Handrücken Tränen fort. Nahm Julia in den Arm, küßte sie vorsichtig, fast fragend. Julia ließ keinen Zweifel an ihrer Lust auf Sharon. Sharon löste Julias Haarspange, blonde Locken fielen sanft auf die Schulter. Julia zog Sharon zu sich herunter, während sie mit dem Arm den Tisch wegschob. Sie zog sich das T-Shirt über den Kopf. Knöpfte Sharons Jeanshemd auf. Während sie Sharon küßte, legte sie sich auf sie, schob ihr Bein zwischen Sharons Schenkel, spürte diese erbeben. Genoß Sharons streichelnde Hände auf ihrem Rücken. Sharon bewegte sich langsam unter Julia. Fing langsam an, schwer zu atmen, bevor sie unter Julias rhythmischen Bewegungen zu explodieren begann. Lustvoll gruben sich ihre Nägel in Julias Rücken und hinerließen dort schmerzhaft lustvolle Spuren. Julia bäumte sich kurz auf. Sharon warf sie herum, befreite Julia von ihren Jeans. Während ihre Hände Julias Busen streichelten, griff Julia in Sharons Haare, forderte sie gierig auf, sie lustvoll zu lieben. Sharon ließ sich in ihre

Liebe zu Julia fallen, gab sich ganz
ihren Gefühlen und Gelüsten hin.
Julia spürte die rauhen Fasern des
Teppichs auf ihrem Rücken, kleine
Schweißperlen, die sich auf ihrem
Körper ausbreiteten, die flammende
Hitze, die sich in ihrem Schoß aus-
breitete und sich, angetrieben von
Sharons kraftvollen Stößen, explo-
sionsartig in ihrem Kopf entluden.
Sie zog Sharon fest an sich, als
wolle sie sie nie mehr loslassen. Nur
langsam kamen ihre erhitzten Körper
zur Ruhe.

Julia öffnete die Augen. Sonnenstrahlen fielen auf den Boden. Sie blickte
zur Wanduhr. Ach du Schreck, sie waren eingeschlafen. Sie wollten doch
heute in Urlaub. Auch das noch! Sie
deckte die schlafende Sharon mit ihrem Hemd vorsichtig zu. Dann ging sie
auf Zehenspitzen zum Tisch, sammelte
die Papierschnipsel ein. Schloß hinter sich die Wohnzimmertüre. Kehrte
mit Handfeger und Kehrschaufel die
Reste ihres Blumentopfes zusammen.
Topfte ihre Yucca in einen neuen
Blumentopf und begann, ihr
Reisegepäck fertig zu packen. Eine
Stunde vor Abfahrt weckte sie Sharon,
die sich nun sputen mußte, um sich
nicht zu verspäten. Julia wollte ihr
keine Zeit mehr zum Grübeln
einräumen. Sie hätte wissen müssen,

daß sie nichts lange vor Sharon verbergen konnte. Fast wäre ihr Geheimnis geplatzt. Einen Tag vor dem Urlaub. Naja, es war ja noch einmal gutgegangen. Es klingelte. Eine fröhliche Meute stand abreisefertig und abenteuerlustig vor der Tür. Es konnte losgehen. Tobias schnappte sich zwei Taschen und sah Julia fragend an.

"Weiß sie es?"

Julia schüttelte den Kopf.

"Nicht?"

"Es wär ja fast schiefgegangen. Sie glaubt ich betrüge sie."

"Nein, bloß das nicht. Naja, irgendwie stimmt das ja auch, oder?"

"Tobias!"

"Hör´ bloß nicht auf ihn."

Er gab Claire im Vorbeigehen einen Kuß. Julia lachte laut auf, äffte Claire nach.

"Nein, er ist doch überhaupt nicht mein Typ. Was ist denn nun los, Claire?"

"Es ist, wie es eben ist. Irgendwie ist es eben so gekommen. Julia, ich hab mich verliebt. Irgendwie kann ich Dich jetzt auch viel besser verstehen. Ich kann mir im Moment nicht einmal vorstellen, ohne ihn in Urlaub zu fahren."

"Das ist auch gut so, gefesselt ist das nämlich ganz schön strapaziös."

Tobias war schon wieder zurück.

"Ach übrigens, Andreas hat einen Freund mitgebracht. Ich hab´ ja keine Ahnung von, na Du weißt schon, aber ich glaub, das ist sein lover."

"Ich glaub´ es nicht, was ist mit Euch Verfechtern der ewigen Freiheit passiert? Wollt ihr auf eure alten Tage jetzt noch schnell alle spießig werden?"

"Von wem redest Du?"

"Guten Morgen Andreas. Von der Liebe, diesem seltsamen Triebe."

Andreas zog Julia beiseite.

"Ich hab´ mit meinen Eltern geredet. Ich mußte es ihnen einfach erzählen. Seit ich Karsten kennengelernt habe, mußte ich es einfach jedem erzählen. Irgendwie geht es mir seitdem viel besser."

"Was haben Deine Eltern gesagt?"

"Meine Mutter brach in Tränen aus, wegen der armen Enkelkinder, die sie nun nicht bekommt und mein Vater klopfte mir beruhigend auf die Schulter, meinte ganz brüderlich: das wird schon wieder, mein Sohn."

"Nein wie schrecklich."

"Ach, das war nur der erste Schrecken, sie hatten uns für heute Morgen beide zum Frühstück eingeladen. Ich glaube, jetzt liegt es an mir und Karsten, das Beste daraus zu machen. Und nun geht es in Urlaub. Sonne, Meer..."

"Wein, Weib und Gesang."

"Wag Dich."

Claire warf Tobias einen kampflusti-
gen Blick zu. Die letzten Utensilien
wurden im Bus verstaut. Julia machte
sich auf die Suche nach Sharon. Die
hatte sich im Bad verschanzt. Julia
klopfte.

"Kann ich reinkommen?"

"Klar, ist offen"

"Wo steckst Du, wir können gleich
los."

"Ich weiß auch nicht."

"Ich komm gleich wieder."

Julia ging nach draußen.

"Wollen wir uns nicht alle nachher
auf dem Rastplatz Stillhorn treffen?
Ich muß noch mit Sharon reden. Wir
hatten da gestern ein Problem."

Tobias klappte die Heckklappe zu.

"Ist gut, also bis nachher."

Aufmunternd zwinkerte er ihr zu.

"Pack´s an."

Andreas schnappte sich den Helm,
startete seine Maschine, hob den Dau-
men zur Aufmunterung, und Julia sah
den anderen nach, bis der Bus und die
beiden Maschinen um die Ecke bogen.
Dann ging sie ins Bad zurück. Sharon
war nicht da. Sie ging ins Wohnzimmer, wo Sharon die Spuren der letzten
Nacht beseitigte.

"Laß gut sein, ist doch ordentlich
genug. Ich muß mit Dir reden."

"Als ob ich mich nicht schon schlecht
genug fühle."

"Warum?"

"Weil ich in Deinen Sachen geschnüffelt habe, ich hätte Dich ja auch fragen können. Es tut mir leid. Aber ich weiß auch nicht, ich werde verrückt, wenn ich sowas durchmachen muß. Sonst erzählst Du mir alles und nun das. Ich versteh´s nicht."

"Es sollte eine Überraschung werden."

"Ist Dir ja auch gelungen."

"Sharon!"

"Wo ist denn nun die Überraschung?"

"Komm, ja. Nun mach schon, die anderen warten doch auf uns. Wir haben Urlaub. Morgen abend sitzen wir oben über Menton und haben das Meer unter uns. Ein bißchen Malibu."

"Malibu. Schön wär´s."

Sharon seufzte. Dann folgte sie Julia in den Garten. Auf der Terrasse stand Hermine und daneben stand Hermine. Das konnte doch nicht wahr sein. Mit großen Augen sah sie Julia an.

"Was ist denn das?"

Julia nahm sie in den Arm. "Das ist der Mann, mit dem ich Dich betrüge. Und das," voller Stolz fuchtelte sie mit einem rosa Papier vor Sharons Nase herum, "ist Michael". Sharon schnappte sich das rosa Papier. Ein neuer Führerschein. Julia hatte gestern ihre Prüfung für das Motorrad bestanden. Der freie Tag, die Kursabende, die Abbuchungen vom Konto. Und sie hatte geglaubt... Sie schämte sich für ihr Mißtrauen. Sharon sah abwechselnd von Julia zum Führerschein, dann wieder zu der doppelten Hermine.

"Darf ich Dir Katharina vorstellen, ist das Werk von meinem Vater. Es hat ihm wohl keine Ruhe gelassen, und er hat sie mir für unseren Urlaub geliehen. Ich wollte nicht mit dem Bus mitfahren. Ich konnte Dich doch nicht so einfach alleine fahren lassen. Ich liebe Dich doch."

Zwei Tage später hatten sie alle ihr Ziel erreicht. Hoch oben in den Bergen hatten sie auf dem Zeltplatz ihr Lager errichtet. Alle waren von ihrer langen Tour so erschöpft, daß sie sich gleich im Zelt verkrochen hatten. Sharon schreckte hoch, es roch nach Feuer. Julia hatte eine Kerze angesteckt.

"Hast Du mich erschreckt."

"Laß uns noch ein wenig rausgehen, ja?"

"Ich bin völlig fertig. Aber na gut." Sharon schälte sich aus dem Schlafsack. Schlüpfte in Jeans und Sweatshirt. Hand in Hand schlenderten sie über den Zeltplatz, vorbei an Hermine und Katharina, deren Chrom im Schein von Mond und Sternen blitzte. Es roch nach Meer, salziger Luft, Grillen zirpten. Sie wanderten still durch die Nacht. Schweigend genossen sie

die Nähe des anderen. Sharon drückte
Julias Hand. Julia erwiderte den
Druck sanft. Sie mußte an ihre letzte
Nacht denken, lächelte glücklich. Auf
einem Felsen setzten sie sich dicht
nebeneinander, Julia hüllte sie beide
in die mitgebrachte Decke. Öffnete
die beiden Piccoloflaschen, die sie
in ihren Jackentaschen verborgen
hatte. Träumend saßen sie engumschlungen. Unter ihnen konnten sie
das Meer rauschen hören, Lichter von
Booten, die sich auf dem Meer
tummelten. Häuser, deren weiße
Fassaden hell schimmerten, hell
erleuchtete Fenster, die alle ihre
eigenen Geschichten schrieben. Autos,
deren Scheinwerfer Spuren in der
Nacht hinterließen.
"Ist fast wie in Malibu, weißt Du
noch?"
"Ach, Julia, wie könnte ich das vergessen. Wenn ich lange aufs Meer hin-
ausschaue, ich könnt´ schwören, ich
sehe Delphine, die ihre Kreise ziehen."
"Delphine? Du flunkerst."
"Doch, als Boten unserer Liebe. Sie
tanzen auf bunten Wellen."
Julia drückte Sharon fest an sich.
"Happy birthday."
"Happy birthday? Ich hab´ aber gar
nicht Geburtstag."
"Du nicht, aber der neue Tag. Laß uns
anstoßen und ihn begrüßen."

"Ich wollt Dir nicht wehtun mit meinen Heimlichkeiten, aber dann wär´s doch keine Überraschung geworden. Du hattest mir soviel Arbeit in den zwei Jahren abgenommen, als ich abends zum Kurs ging, ich wollte Dir ein Danke schön bereiten. Dir zeigen, daß es nicht selbstverständlich ist, daß Du so für mich da bist, so oft Rücksicht genommen hast. Ich wollte, daß Du glücklich bist, denn nur dann bin ich es auch."

"Julia, ich muß einfach mal versuchen, Dir das zu erklären, was da so in mir vorging. Mir ist an dem Tag schlagartig klar geworden, daß Du nicht nur ein Teil meines Lebens bist, nein, Du bist mein Leben. Daß es ja auch nicht immer so weitergehen muß, daß es auf einmal vorbei sein kann. Ich könnte ja auch nichts dagegen tun. "

"Es kann immer alles mal vorbei sein. Aber es muß doch nicht. Schau Dir meine Eltern an. Weißt Du noch, als sie die Probefahrt mit Hermine gemacht haben? "

"Ich hätte auch fast geweint. Irgendwie fand ich Deinen Vater da so wahnsinnig toll."

"Weißt Du eigentlich, warum er Katharina gebaut hat?"

"Ich dachte für Dich."

Sharon sah nach oben, wo ein Flugzeug blinkend seinen Gruß in die Schwärze

der Nacht malte. Julia folgte ihrem
Blick.
"Ob der nach Malibu fliegt?"
"Irgendwie haben wir es immer noch
nicht geschafft, wieder dorthin zu
fliegen."
"Ist Malibu nicht überall, wenn man
sich liebt?"
Sharon sah Julia an, kuschelte sich
wieder in ihren Arm. Legte den Kopf
auf ihre Schulter.
"Was ist denn nun mit Katharina, wo
hat er die denn her?"
"Er hat wochenlang herumtelefoniert
und alle Teile gesammelt, die er so
bekommen konnte. Dann verschwand er
in seinem ach so geliebten Schuppen.
Katharina hat ein kleines Geheimnis.
Wir sollen den beiden Hermine leihen,
damit sie noch einmal auf Tour gehen
können. Als sich meine Eltern kennen-
lernten, war mein Vater wohl ein
ziemlich Wilder. Brauste auf seiner
Maschine durch die Dörfer und machte
auf ganz wild. Als sie heirateten,
hatten ja beide kein Geld und da beschlossen sie, ihre Hochzeitsreise
mit Katharina zu machen. Leider sind
sie nicht halb so weit gekommen, wie
sie sich das gedacht hatten.
Katharina gab in den italienischen
Bergen den Geist auf und so zelteten
sie dort, bis sie Katharina wieder
flott hatten und mußten dann auch
schon wieder zurück. Sie haben später

noch viele Touren unternommen, aber
nach Monte Carlo sind sie nie mehr
gekommen. Dort wollte mein Vater nämlich ins Spielcasino und als gemach-
ter Mann zurückkehren."
"Na so ein Verrückter, hat er geglaubt, daß das klappt?"
"Ich trau ihm das zu, Du nicht?"
Sharon lachte.
"Doch das trau ich ihm auch zu. Das
würde zu ihm passen."
"Tja und nun wollen sie nach über
vierzig Jahren ihre Hochzeitsreise
nachholen."
"Mit Katharina?"
"Ja, mit Katharina, manchmal glaube
ich, meine Eltern werden nie er-
wachsen. Oft glaube ich, sie haben
sich ihr Kindsein bewahrt."
"Nein, sie haben ihre Liebe bewahrt."
Sie nahmen einen letzten Schluck
Sekt, breiteten die Decke aus und
versuchten Sternbilder am Himmel zu
finden. Sharon seufzte, drückte
Julias Hand.
"Woran denkst Du?"
"Ich mußte gerade an Weihnachten denken, an Deine Eltern."
"Die Weihnachtslesung im Michel?"
"Ja, sie saßen beide dort ganz still,
Dein Vater wischte sich ganz verstohlen ein paar Tränen fort und dann sahen sie sich an. Es war ein Blick so
voller Vertrauen, zu sich, zum ande-
ren, in die Liebe. Als würden sie

sich jeden gemeinsamen Tag aufs neue schenken. Es nicht als Selbverständlichkeit nehmen."

"Danach leben sie auch. Sie würden beide nichts tun, was den anderen verletzen könnte. Es kann zwar immer passieren, aber dann kann man es auch verzeihen. Meine Mutter sagte mir immer, als ich noch klein war: Es gibt nur zwei Gründe, eine Freundin oder einen Freund zu haben oder einer zu sein. Wenn Du nur streitest und versuchst, den anderen zu ändern, wie kannst Du sein Freund sein? Jede Freundschaft, jede Beziehung sollte eine Bereicherung sein. Das gilt auch für die Liebe, denn Dein Vater ist mein bester Freund."

Enganeinandergekuschelt lagen sie dort und dachten beide zurück an die Weihnachtslesung, an ihre heimlichen Tränen.

Es war eine Geschichte aus dem schwarzen, armen Chicago. Von einem alten Ehepaar, das gemeinsam durchs Leben gegangen war, viele Träume gehabt hatte. Materiell hatten sie fast nichts erreicht, wie das meist ist, wenn man auf der falschen Seite von Chicago lebt. Weihnachten nahte. Nach der Arbeit ging der alte Mann durch die hell erleuchteten Straßen der Slums, sah die Auslagen in den Schaufenstern und dann sah er sie. Eine

Haarspange. Er dachte daran, wie schön sie aussehen würde. Er wußte, wie sehr sie sich diese Spange schon so lange wünschte, aber das Geld war knapp. Sie saß zu Hause, kämmte ihre langen schönen Haare und als er nach Hause kam, fiel ihr Blick auf seine Uhr, die er nicht mehr am Handgelenk tragen konnte, die er immer in die Tasche stecken mußte, weil das goldene Armband schon vor langer, langer Zeit kaputtgegangen war. Weihnachten kam immer näher und an Heiligabend machte er sich auf den weiten Weg, um seine Uhr zu verkaufen, sie gegen die Haarspange einzutauschen, die ihre lange Haarpracht schmücken würde. In dieser Nacht machte sie sich auf, ihre Haare zu verkaufen, ihre schönen, langen Haare, um das Geld für ein Armband zu bekommen, damit die Uhr wieder an seinem Arm leuchten könnte.

Verstohlen wischte sich Julia ein paar Tränen fort. Schmiegte sich noch dichter an Sharon. Lächelnd lagen sie dort, beide, Schmetterlinge im Bauch, Sehnsucht im Herzen. Julia wußte, Sharon sah aufs Meer und träumte von Malibu. Julia folgte ihrem Blick und sie hätte schwören können..

dort..

auf bunten Wellen

tanzte ein Delphin.

die folgenden Bücher sind
in allen Buchhandlungen
erhältlich
oder
gegen Verrechnungsscheck
plus
1,50 DM Porto
bei

S.K.
c/o Malibu
An der Berner Au 51 E
22159 Hamburg

Julia starrte auf die Zettel in ihrer Hand. Diese Tränen galten ihr, ihr allein. Tränen einer Frau an eine Frau. Sie war wie vor den Kopf geschlagen. Das konnte doch nicht wahr sein! Hatte sie einer Frau Hoffnungen gemacht? Sharon war jung, zehn Jahre jünger. Sicher nur eine Schwärmerei. Noch nie hatte sie daran gedacht. Sie war doch "normal"! Und doch mußte sich Julia eingestehen, daß sie nicht nur an Freundschaft dachte, wenn sie Sharon sah. Sharon. Immer wieder kehrten Julias Gedanken zu dieser jungen Frau zurück. Sharon. Wer war diese Frau, daß sie sie so verwirrte?

ISBN 3-929925-00-1   DM 12,80

Clara

BLUES IN ROSÉ
SYLVIA KNELLES

Ich holte einmal tief Luft, angelte den Schlüssel aus der Tasche und öffnete die Haustür. Langsam ging ich durch das Haus, um mir das ganze Ausmaß dieser Katastrophe anzusehen. Was war passiert? Ich hatte nur noch ein Zimmer vor mir und ahnte Schlimmes. Vorsichtig öffnete ich die Tür. Ich schloß entsetzt die Augen, in der stillen Hoffnung, es sei alles nur ein schlechter Traum gewesen. Nein, es war kein Alptraum. Es war brutale Wirklichkeit. Ich stand in der Tür und war fassungslos. In der rechten Ecke stand ein altes, hölzernes Bett. Mit dem Gesicht zur Wand, verdeckt von einer schweren Daunendecke, lag eine Frau. Ich sprach sie an, aber sie reagierte nicht. Als ich sie vorsichtig an der Schulter berührte, verkroch sie sich weiter unter der Decke. Sie flüsterte leise. Ich beugte mich näher, um sie zu verstehen. Ein kaum vernehmbares "Sophie" kam über ihre Lippen. Dann verstummte sie wieder, ohne auch nur die Augen geöffnet zu haben.

ISBN 3-929925-04-4   DM 14,80

LUST DER NACHT

Sylvia Knelles

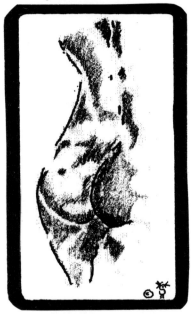

Wann immer Sanni und Chris sich trafen, lag diese Spannung in der Luft. Sie wollten kein Heute und kein Morgen, keine Fragen und keine Antworten. Sich nur ja nicht aneinander verlieren, denn sie wollten keinen Alltag, sondern nur

... die Lust der Nacht.

ISBN 3-929925-01-X   DM 14,80

<u>BÄUME - FREUNDE FÜRS LEBEN</u>

L. Knelles
für besinnliche Stunden
eine besondere Geschenkidee
Fotobildband mit 23 meisterhaften Farbfotos
unterstrichen mit lyrischen Texten von Sylvia Knelles
eingebunden in blauem Leinen

ISBN 3-929925-03-8

Direkt-Verkauf nur ab Verlag, DM 28,50

DM 39,90